U0478763

共和国故事

点燃生命

——全国广泛开展无偿献血活动

陈栎宇　编写

吉林出版集团股份有限公司

图书在版编目（CIP）数据

点燃生命：全国广泛开展无偿献血活动/陈栎宇编. —长春：吉林出版集团股份有限公司，2009. 12

（共和国故事）

ISBN 978-7-5463-1909-4

Ⅰ. ①点… Ⅱ. ①陈… Ⅲ. ①纪实文学－中国－当代 Ⅳ. ①I25

中国版本图书馆 CIP 数据核字（2009）第 237728 号

点燃生命——全国广泛开展无偿献血活动

DIANRAN SHENGMING　QUANGUO GUANGFAN KAIZHAN WUCHANG XIANXUE HUODONG

编写　陈栎宇

责任编辑　祖航　宋巧玲

出版发行　吉林出版集团股份有限公司

印刷　三河市嵩川印刷有限公司

版次　2010 年 1 月第 1 版　　2022 年 1 月第 9 次印刷

开本　710mm × 1000mm　1/16　　印张　8　字数　69 千

书号　ISBN 978-7-5463-1909-4　　定价　29. 80 元

社址　吉林省长春市福祉大路 5788 号

电话　0431－81629968

电子邮箱　tuzi8818@126. com

前　言

自1949年10月1日中华人民共和国成立至今，新中国已走过了60年的风雨历程。历史是一面镜子，我们可以从多视角、多侧面对其进行解读。然而有一点是可以肯定的，那就是，半个多世纪以来，在中国共产党的领导下，中国的政治、经济、军事、外交、文化、教育、科技、社会、民生等领域，都发生了深刻的变化，中国人民站起来了，中华民族已屹立于世界民族之林。

60年是短暂的，但这60年带给中国的却是极不平凡的。60年的神州大地经历了沧桑巨变。从开国大典到60年国庆盛典，从经济战线上的三大战役到经济总量居世界第三位，从对农业、手工业、资本主义工商业的三大改造到社会主义市场经济体制的基本确立，从宜将剩勇追穷寇到建立了强大的国防军，从废除一切不平等条约到独立自主的和平外交政策，从"双百"方针到体制改革后的文化事业欣欣向荣，从扫除文盲到实施科教兴国战略建设新型国家，从翻身解放到实现小康社会，凡此种种，中国人民在每个领域无不留下发展的足迹，写就不朽的诗篇。

60年的时间在历史的长河中可谓沧海一粟。其间究竟发生了些什么，怎样发生的，过程怎样，结果如何，却非人人都清楚知道的。对此，亲身经历者或可鲜活如昨，但对后来者来说却可能只是一个概念，对某段历史的记忆影像或不存在，或是模糊的。基于此，为了让年轻人，特别是青少年永远铭记共和国这段不朽的历史，我们推出了这套《共和国故事》。

《共和国故事》虽为故事，但却与戏说无关，我们不过是想借助通俗、富于感染力的文字记录这段历史。在丛书的谋篇布局上，我们尽量选取各个时代具有代表性或深具普遍意义的若干事件加以叙述，使其能反映共和国发展的全景和脉络。为了使题目的设置不至于因大而空，我们着眼于每一重大历史事件的缘起、过程、结局、时间、地点、人物等，抓住点滴和些许小事，力求通透。

历史是复杂的，事态的发展因素也是多方面的。由于叙述者的视角、文化构成不同，对事件的认知或有不足，但这不会影响我们对整个历史事件的判断和思考，至于它能否清晰地表达出我们编辑这套书的本意，那只能交给读者去评判了。

这套丛书可谓是一部书写红色记忆的读物，它对于了解共和国的历史、中国共产党的英明领导和中国人民的伟大实践都是不可或缺的。同时，这套丛书又是一套普及性读物，既针对重点阅读人群，也适宜在全民中推广。相信它必将在我国开展的全民阅读活动中发挥大的作用，成为装备中小学图书馆、农家书屋、社区书屋、机关及企事业单位职工图书室、连队图书室等的重点选择对象。

编　者

2010 年 1 月

目录

一、倡导宣传

二、组织落实

三、人人参与

目录

一、倡导宣传

●1995 年 11 月 29 日，全国首届无偿献血先进城市暨第四届无偿献血表彰大会在北京举行。

●1997 年 12 月 29 日，第八届全国人民代表大会常务委员会第二十九次会议通过了《中华人民共和国献血法》。

●2004 年 6 月 14 日，世界各国首次开展了“世界献血者日”庆祝活动。

表彰无偿献血人员

1995年11月29日，全国首届无偿献血先进城市暨第四届无偿献血表彰大会在北京举行。

国务委员彭珮云、全国政协副主席钱正英出席会议。

无偿献血先进城市奖励状，是中国红十字会和卫生部为表彰在无偿献血组织工作中成绩突出、无偿献血人次占全市供血人次10%以上的城市而设立的。

获得本届金质奖励状的城市为：上海市、白山市、通化市、辽源市、大庆市、本溪市、唐山市。

无偿献血金杯奖，是中国红十字会和卫生部为表彰那些为我国无偿献血事业的发展，创出不平凡业绩的无偿献血者设立的，是当前我国无偿献血者的最高荣誉奖。到1995年，全国有168名无偿献血金杯奖获得者。

在会上，26个城市分别获金、银、铜质奖励状，79人获无偿献血金杯奖。

无偿献血是指公民向血站自愿、无报酬地提供自身血液的行为。

无偿献血是国际红十字会和世界卫生组织从20世纪30年代建议和提倡的。

经过几十年的不懈努力，世界上很多国家都从过去的有偿献血，逐步向无偿献血过渡，最终实现了公民无偿献血。如德国、日本、瑞士、美国、加拿大、澳大利亚等国家，都先后全部或基本上实现了公民无偿献血。

1978 年，国务院批转卫生部《关于加强输血工作的请示报告》后，各省、自治区、直辖市相继开展了公民义务献血活动。

1980 年，北京开始实行公民义务献血，以后无偿献血的人数逐年增多。

自 1982 年开始，上海、北京、天津、大连、南京等城市先后建立了公民义务献血办公室，全面实行用血管理制度，建立基层单位的献血用血档案资料，将献血与用血结合起来。

1984 年，北京市 19 位普通市民，自发地无偿献血并向社会发出倡议，拉开了无偿献血运动的序幕。

同年，卫生部和中国红十字会总会在全国倡导无偿献血。

1989 年 1 月 28 日，上海市人民代表大会常务委员会通过了《上海市公民义务献血条例》，同年 7 月 1 日起施行，这是我国输血管理方面的第一部地方性法规。

此后，吉林市、北京市、徐州市、贵阳市、哈尔滨市、南宁市、深圳市等相继制定地方性输血法规，大大加速了公民义务献血制度从有偿制向无偿制过渡的步伐，为《中华人民共和国献血法》的颁布和施行奠定了基础。

1989 年 7 月 20 日，全国首届无偿献血表彰大会在北京举行，全国政协主席李先念、副主席赵朴初等为无偿献血奖杯获得者颁奖。

此后，每隔一段时间，卫生部、中国红十字会等单位，都要举办全国无偿献血表彰大会，表彰无偿献血的先进单位、个人和城市。

1991 年 7 月 18 日，全国第二届无偿献血表彰大会在北京举行。

全国人大常委会委员长万里，全国政协副主席赵朴初、钱正英，国务委员李铁映等领导同志为 34 位无偿献血奖杯获得者颁奖并合影留念。

1993 年 6 月 13 日，在全国第三届无偿献血表彰大会上，全国人大常委会委员长乔石、国务委员彭珮云、全国政协副主席赵朴初等国家领导同志为本届 50 名无偿献血奖杯获得者颁奖并合影留念。

1995 年 11 月 29 日，全国第四届无偿献血表彰大会在北京举行。

国务委员彭珮云，全国政协副主席、中国红十字会会长钱正英等领导同志为 26 个无偿献血先进城市和 79 名无偿献血奖杯获得者颁奖并合影留念。

1997 年 10 月 29 日，全国第五届无偿献血表彰大会在北京举行。

彭珮云、何鲁丽、钱正英等领导为 45 个无偿献血先进城市、10 名无偿献血先进组织者、112 名无偿献血奖杯获得者颁奖并合影留念。

1999 年 12 月 24 日，国家卫生部、解放军总后勤部卫生部和中国红十字会总会，在北京人民大会堂隆重举行第六届全国无偿献血表彰大会，共表彰无偿献血先进城市 48 个，颁发无偿献血促进奖 18 个，无偿献血金杯奖 611 名。

2001 年 12 月 13 日，在广州举行了 1999—2000 年度全国无偿献血表彰大会。上次表彰大会获得无偿献血金、银、铜奖标准分别为献血 17 次、12 次、8 次，受表彰人数为 611 人；这次个人金、银、铜奖的标准提高了一倍多，分别为献血 40 次、30 次、20 次，而表彰的人数却增加了近一倍，达到 1163 人。

2004 年 10 月 21 日，2001—2003 年度全国无偿献血表彰大会在北京人民大会堂召开。

这次获得无偿献血先进省市奖的省市，都基本做到了依靠自愿无偿献血满足临床用血需求；共有 4964 人获得无偿献血奉献奖，获得无偿献血奉献奖金奖、银奖、铜奖的分别达到 1053 人、841 人和 3070 人，比上次表彰会增长了两倍多，无偿献血总量比上次表彰会增长了三倍多。

还有 179 人获得了无偿献血特殊促进奖的殊荣。中国平安保险公司、福建师范大学等 277 个单位获得无偿献血促进奖。

这些受到表彰的先进单位、城市和个人，为我国无偿献血作出了积极贡献。

在各级政府的有力领导下，在广大无偿献血者、志愿工作者和社会各界的积极参与下，我国的无偿献血事业得到了很大的发展，基本实现了从有偿献血向自愿无偿献血的平稳过渡。

国家在表彰这些在无偿献血工作中作出突出贡献的先进人物时，也激励着社会健康适龄的公民，积极参与无偿献血这项利国利民的社会公益活动，为确保采供血和临床用血安全，促进医疗卫生事业的全面、协调、可持续发展作出更大的贡献。

公布实施《献血法》

1997年12月29日，第八届全国人民代表大会常务委员会第二十九次会议通过了《中华人民共和国献血法》。

同一天，中华人民共和国主席令第九十三号公布《中华人民共和国献血法》，从1998年10月1日起，国家在全国实行无偿献血制度。

无偿献血就是健康适龄公民自觉自愿献出可以再生的少量血液或血液成分去挽救垂危病人的生命，而献血者不要任何报酬。

医学科研日新月异，创造了无数奇迹。然而，至今却没有研制出一种能完全代替人体血液全部功能的人造血液，供给临床医疗、急救和战备使用。因此，血这种被人们称为“生命之河”的宝贵物质，目前还只能从健康适龄的人体中获取。

几十年来，我国的临床医疗、战备、备灾储备和生物制品用血，一直依靠少数人卖血来获取，供血者和受血者的健康得不到保障。

而无偿献血的人是健康人，半年以上才献血一次，不但血液质量高，血源性传染病大大降低，而且血型也更多样化。通过无偿献血，还会激起人们奉献爱心的自豪感，增加社会责任感和公民义务感，增进人与人之间的友谊。

国家为保证医疗临床用血的需要和安全，保障献血者和用血者身体健康，发扬人道主义精神，促进社会主义精神文明和物质文明建设，而制定了《献血法》。

《献血法》总结了我国多年来推行义务献血和无偿献血的经验，首次以法律形式确定了在我国实行无偿献血制度，同时对献血工作中各级人民政府及有关部门的职责，适龄健康公民的权利、义务，采血机构、医疗机构在采供血工作中的责任以及对违法采血、用血行为的处罚等一系列问题都作出了较具体明确的规定。

《献血法》的公布实施，对进一步加强血液管理工作，提高临床用血的质量，保障献血者和用血者的身体健康起到了十分积极的作用。

1999 年 7 月，卫生部和中国红十字会总会联合发布了《全国无偿献血表彰奖励办法》。

办法规定，对无偿献血者发给志愿献血卡，并根据献血累计数分别发给纪念章、铜质奖章、银质奖章、金质奖章或献血杯；无偿献血者本人及其不享受公费医疗和劳保医疗待遇的直系亲属，在因伤病需要用血时，可以优惠用血。

实行无偿献血，不仅能保障医疗临床用血的需要，保证输血安全，达到治病救人的目的，它还是一种“我为人人，人人为我”的社会共济行为，是一种无私的奉献，是人道主义精神的重要体现。

献血事业的发展程度，成为衡量社会文明程度的标志之一。

实行无偿献血，有助于弘扬中华民族团结、友爱、互助的传统美德，是建设社会主义精神文明的具体表现。因此，《献血法》规定实行无偿献血制度，也是促进精神文明建设的一项具体措施，每个公民都应当积极参与。

开展《献血法》宣传活动

1998 年 4 月，中央宣传部、卫生部和中国红十字会总会等 14 个部门联合发出通知，要求各地结合“五八”国际红十字日，认真学习、宣传《中华人民共和国献血法》，广泛深入开展无偿献血宣传月活动。

《中华人民共和国献血法》已于 1997 年 12 月 29 日由第八届全国人民代表大会常务委员会第二十九次会议审议通过，并经国家主席江泽民签署公布，确定 1998 年 10 月 1 日起施行。

通知强调：

> 《献血法》的公布实施是我国血液管理工作的一件大事，为加强我国采供血工作的监督管理提供了法律依据，标志着我国血液工作开始进入全面依法管理的新阶段。

《献血法》对提高血液质量，预防和控制经血液途径传播疾病，保障献血者和用血者的身体健康，保证医疗用血需要，促进临床合理、科学用血和血液事业的发展，对于进一步弘扬人道主义精神，加强和促进精神文明建设都将产生重大而又深远的影响。

通知指出，这次宣传的重点是无偿献血光荣，科学献血无损健康。

宣传活动要深入到国家机关、部队、高校及企事业单位，让《献血法》的主要内容和献血的生理知识家喻户晓，形成全社会重视、参与无偿献血的新局面。

1998 年 9 月 19 日，中央政治局常委、国务院副总理李岚清，在致全国施行《中华人民共和国献血法》电视电话会的信中要求，广大共产党员、共青团员要响应国家号召，带头参加无偿献血，广大公民也要踊跃参加无偿献血，切实履行《中华人民共和国献血法》所赋予的职责和义务。

李岚清要求，各级党委和政府要加强领导，切实保证《献血法》顺利实施；要提高对《献血法》立法意义的认识，带头认真学习《献血法》，形成政府重视、主要领导亲自过问、分管领导具体负责、卫生部门积极实施、社会广泛参与的局面。

要认真研究落实《献血法》规定的采供血机构的建设和各项采用血的规定，增强法制观念和提高依法行政的管理能力，加强执法力度。

各级工、青、妇等组织，也应结合精神文明建设积极配合做好献血工作，保证《献血法》的顺利实施。各级健康适龄的领导要以身作则，率先垂范。

卫生部部长张文康在电视电话会上讲话。

张文康要求，卫生行政部门的领导，要带头学习

《献血法》，提高认识，提高执行《献血法》的自觉性，当好政府参谋助手，加强监督管理和组织领导，认真履行监督管理献血工作的职责。

在会上，中华全国总工会、共青团中央、全国妇女联合会、中国红十字会总会、中国输血协会向全国广大职工、共青团员、各界妇女、红十字会会员及广大输血工作者发出了《无偿献血倡议书》，号召大家从自身做起，用爱心去营造一个充满人道、博爱、奉献精神的美丽家园。

献血者日组织无偿献血活动

2004年6月14日，世界各国首次开展了“世界献血者日”庆祝活动，活动的主题是“献血，赠送生命的礼物。谢谢你们”。

2004年6月13日上午，广东省梅州市卫生局、市献血办、市红十字会、市红十字会血站，在梅城文化公园广场联合举办首届“世界献血者日”大型宣传活动。副市长郑少伟也参加并接受了群众现场咨询。

在现场，有关部门组织了40多名医务人员和工作人员，并出动大型直通献血车。

前来咨询和参加无偿献血的群众十分踊跃，其中来自嘉应学院的学生有100多人。

郑少伟指出，由于梅州市大部分青壮年外出务工，加上梅州地区部队子弟兵、在校大学生人数较少，全市不到30%的人要保证70%的人的用血，造成梅州血源比较紧缺。

目前，梅州临床用血相当紧张，今天举办的大型宣传活动，就是为了争取广大市民的充分理解和支持，转变社会上目前仍然存在着的“献血有损健康、献血不够安全卫生”的错误认识，从而使市民自觉、积极地投身到无偿献血的活动中来。

24岁的陈虎，是个充满爱心的青年。他2001年7月开始参加无偿献血，已献血8次，共献出全血1000毫升，血小板3360毫升。陈虎还当上了义务宣传员，动员了近30位亲友参加无偿献血，其中他哥哥已献血2次，母亲献血3次。

据了解，本次活动共发放宣传资料2000多份，群众现场咨询1000多人，近100人参加了无偿献血。

在6月14日“世界献血者日”，汕头市在人民广场举行了主题为“感谢您血液的礼物”的纪念活动。

来自市体育局、龙湖区等单位和企业的职工们慷慨挽袖。市人大常委会副主任许斯仕、市政协副主席王桂元等参加了活动。

这天一大早，人民广场东侧已是十分热闹，不少市民纷纷前来咨询献血的相关知识。市政协副主席王桂元也欣然加入了献血者的行列。

无偿献血者刘京亮已是第八次在汕头献血了，献血量累计已达到3200毫升。在刘京亮的带动下，家人和几个朋友都加入了自愿无偿献血的行列。

50岁的白长俊是一名的士司机。除了汕头之外，他在深圳、东莞等地都献过血，在广东省内的献血总量超过了4000毫升。后来他每个月都要抽出两个周六下午，专程守候在采血车旁，免费送刚献完血的市民回家，一坚持就是一年多，最远一次曾送到濠江。

市献血办的有关负责人表示，市中心血站每天出动3

部采血车加强街头采血，目前汕头市无偿献血能够百分百满足临床用血的需要。不过，目前汕头 O 型血的临床用血依然比较紧张。

2005 年 6 月 12 日，珠海市在柠溪文化广场举行活动，纪念和感谢全市所有自愿无偿献血者。副市长邓群芳参加了纪念活动并当场献血。

珠海市自 1998 年 8 月 18 日开始实行无偿献血，临床用血 100% 来自无偿献血，成分输血率已达到 99%，走在全国先进行列，于 2004 年再次获得“全国无偿献血先进城市”的殊荣。

活动由市卫生局、市公民无偿献血办、市红十字会和市中心血站主办，珠海警备区、珠海葆力公司、海湾大酒店、政府公务员以及市民共 200 多人现场献血，专家们就血液生理知识提供现场咨询。

“世界献血者日”活动，既对全世界的无偿献血者表示了感谢，同时，也鼓励更多青年人加入这一行列，使得无论何时何地，在需要挽救生命时都可用到安全的血液。

成立无偿献血志愿总队

2009年5月18日，中国红十字会发出《关于成立中国红十字无偿献血志愿服务总队的决定》。

“决定”指出：

为更好地履行《中华人民共和国红十字会法》和《中华人民共和国献血法》赋予红十字会的职责，推动我国无偿献血事业的健康发展，依据《中国红十字志愿服务管理办法》的规定，经总会研究决定，在深圳市红十字会无偿献血志愿工作者服务队的基础上，成立中国红十字无偿献血志愿服务总队。

志愿服务总队在总会指导下，面向全国开展无偿献血志愿服务工作，逐渐在全国发展成立志愿服务分队，建立中国红十字无偿献血志愿服务网络，努力为我国无偿献血事业的发展作出积极贡献。

2009年6月12日上午，中国红十字无偿献血志愿服务总队成立暨深圳市第八届无偿献血表彰大会，在深圳市民中心B区礼堂隆重举行。

中国红十字会领导及相关工作人员、广东省红十字

会领导、红十字会与红新月会国际联合会东亚地区办事处代表，深圳市委、市人大、市政府、市政协相关领导及工作人员，深圳市红十字会理事和深圳获得 2006—2007 年度国家无偿献血及捐献造血干细胞各奖项的代表、志愿者代表近千人出席了大会。

会议由深圳市红十字会副会长赵丽珍主持。

会议期间，中国红十字会总会赈济救护部部长王平，宣读了《关于成立中国红十字无偿献血志愿服务总队的决定》。

在会上，中国红十字会总会副会长苏菊香，向中国红十字无偿献血志愿服务总队代表朱为刚授予队旗。接旗后，朱为刚代表中国红十字无偿献血志愿服务总队发言。

中国红十字会总会副会长苏菊香，向中共深圳市委宣传部副部长、市精神文明办主任刘瑋飙，颁发了“国家无偿献血先进城市”奖状。

广东省红十字会常务副会长徐火周先生，向富士康企业集团鸿富锦精密工业（深圳）有限公司的代表芮新民，颁发了“无偿献血促进奖集体”奖状。

参会领导向“无偿献血奉献奖”“无偿献血特别促进奖”“捐献造血干细胞奉献奖”获得者代表颁发了奖状。

李士强代表获奖者发言，他倡议说：“让我们携起手来，尽己所能，积极参加定期捐血及其志愿服务，为弘扬红十字精神，创建和谐而文明的社会环境而努力奋斗。”

红十字会与红新月会国际联合会东亚地区办事处代表陈红讲话指出："深圳为中国的捐血献髓活动持续发展走出了一条成功之路，在积极向国内传播成功做法和经验的基础上，还要注意加强国际间的协作，为保障世界范围的输血安全作出应有的贡献。"

深圳市委宣传部副部长、市精神文明办主任刘璋飙在讲话中表示，要再接再厉，继续努力，要进一步加大对献血献髓宣传工作的力度，拓宽血液来源，不断巩固和发展志愿捐血者队伍，加强无偿献血志愿工作者队伍建设，提高采供血工作的应急能力；认真做好中国红十字无偿献血志愿服务总队的组织和管理工作，为深圳人民、为全国人民乃至全世界华人造福。

中国红十字会总会副会长苏菊香说，希望深圳人借助中国红十字无偿献血志愿服务总队这个平台，把在无偿献血和捐赠造血干细胞事业中总结出的先进理念、先进做法、先进经验传授给兄弟省市，让这项事业在全国蓬勃发展，让红十字志愿服务精神不断发扬光大！

会后，与会领导和嘉宾视察了深圳市红十字会华强北捐血站捐血献髓志愿服务工作，慰问了在捐血献髓宣传、招募、保留和召回第一线工作的志愿者、医护人员和广大捐血者，对他们无私奉献的精神和兢兢业业的工作作风表示衷心的感谢。

二、 组织落实

●2005 年 6 月 14 日，是第二个“世界献血者日”。在这个特殊的日子里，浙江省首支无偿献血志愿工作者队伍正式在杭州成立。

●在深圳，常能看到这样一个场景：无论刮风下雨还是烈日当空，无论献血车停在哪里，都会有热情的深圳人排着队上车献血。

厦门无偿献血走在前面

1992 年，福建省厦门市的无偿献血活动开始了。在此之前，尽管国家明令禁止，但全市医院的临床用血相当一部分还是依靠个体卖血。

“地下卖血业”的存在滋养了一大批“血头”和“血霸”，给临床用血的安全性造成极大的威胁，因输血而感染肝炎、梅毒、艾滋病的新闻不断见诸报端。

为保证血液的纯洁性、安全性，保证人民群众的生命健康，厦门市有关部门从 1992 年开始，在全社会大力倡导无偿献血，并采取了种种措施，如行政指派、街头宣传、设立流动献血站等等，但效果并不理想。

在厦门市为无偿献血立法前的 5 年间，厦门市无偿献血者的总数只有 7600 多人，献血量占用血量的比例只有 10%。

安全用血问题引起了有关部门的高度重视，也成为人民群众关注的焦点。“为无偿献血立法”被提上了厦门市人大的议事日程。

1997 年 4 月 1 日，《厦门市无偿献血条例》正式施行。

“条例”摈弃了弊端多多的个体卖血和义务献血制度，倡导推行无偿献血，并进而实现免费用血，直接与国际惯例接轨。

“条例”规定了无偿献血者在优先用血和免费用血方面的权利，使所有献血公民的优惠用血的权利得到了法律保障。

这项立法走在了全国前列，受到社会各界的拥护和支持。实施当年，厦门市无偿献血者就达到了 1 万多人次，超过了前 5 年的总量，献血量占用血量的比例首次达到 74% 。一年之后，厦门市血液买卖的历史彻底结束，临床用血实现 100% 来自无偿献血。

1999 年 3 月，厦门市在此基础上，又进一步实现了免费用血，从而跨入全国无偿献血先进城市行列。厦门市人大常委会主任袁启彤说：“无偿献血事业取得的成功，是全市人民凝聚力的集中体现。”

早在“条例”正式施行前夕，市人大常委会机关就组织了 10 位自愿献血者到中心血站献血，以自己的实际行动支持这项利国利民的公益事业。

市委、市人大、市政府等领导同志闻风而动，率先垂范。一时间，机关干部、军人、教师、学生等纷纷加入无偿献血的行列。

无偿献血对厦门人来说已是一种很平常的事情，人们用献血的方式来纪念生日、成年人日，庆祝三八妇女节、五四青年节、八一建军节，庆祝香港回归、澳门回归，党员以无偿献血活动庆祝七一，夫妻以献血形式作为结婚日纪念等。

中心血站的几部采血车也早已成为鹭岛一道亮丽的风景线，采血车所到之处，都成为献爱心的场所。

自“条例”施行以来，全市涌现出许许多多无偿献血先进个人，其中获得国家金质奖章的有 9 人、银质奖章的 48 人、铜质奖章的 205 人。

全市献血最多的是同安的农民叶杏村，至今，他无偿献血多达 9200 毫升。他说:“能为他人、为社会作点公益性的贡献，这是我精神上的最大快乐。”

在厦门市无偿献血宣传工作中，媒体也功不可没。据不完全统计，“条例”施行以来，全市各新闻媒体约向社会发布了 600 多条新闻，宣传法律法规和血液知识，报道好人好事。

有一段时间，全市 B 型血紧缺，电视台报道了这一消息，第二天就有不少人主动赶到中心血站献血。

在 14 号强台风袭击厦门时，为抢救伤病员，血站的库存血一度告急，电视台再次发出信息，几天内，人们从四面八方拥向市中心血站自愿献血。

涓涓细流汇成奔腾不息的生命长河。从开展无偿献血，到实现免费用血，厦门市用 7 年时间走过了欧美发达国家 20 多年才走完的路。

1999 年底，国家卫生部、中国红十字会总会等单位在北京召开全国无偿献血表彰大会，厦门市荣获“无偿献血先进城市”称号。

哈尔滨无偿献血大变化

2001年12月，正值严冬，“冰城”哈尔滨市的室外温度骤降到零下10摄氏度以下，然而在市区繁华路段的采血车里，还是挤满了从四面八方赶来无偿献血的人。

据哈市红十字血站的同志介绍，入冬以来，全市街头采血量继续稳定在2.5万毫升左右，也就是说，每天约有170人冒着严寒献血。

12月13日上午，位于中央大街的献血车里走进了一名朝气蓬勃的小伙子。他一进车门就问：“是在这儿献血吗？”

血站的工作人员忙迎上去：“欢迎参加无偿献血，请问你今年多大啦？”

小伙子掏出身份证急切地递过去：“今天是我18岁的生日。”

其实，这个名叫吕志伟的小伙子并不是第一次走进献血车。前一年，他一个人来到中央大街的献血车要求献血，但因为他当时只有17岁，不够献血条件，被工作人员婉言谢绝。300多天过去了，他终于盼到了这一天。吕志伟颇有些自豪地说：“这是我长大成人的一个纪念。”

在哈尔滨，有许多像吕志伟这样的市民，每逢生日、结婚纪念日、升学、参军或节假日，选择用无偿献血的方式纪念或庆祝，还多次出现父子、母子、夫妻、兄弟姐妹、亲朋好友结伴献血的感人场面。

从1998年开始，家住道里区的市民龙生民、黄继红夫妇先后5次携手走进街头献血车，合计献血3000多毫升。后来，他们又主动报名，成为造血干细胞捐赠的志愿者。谈到感受，黄继红说："'送人玫瑰，手有余香'，帮助别人自己也快乐。"

哈尔滨市的无偿献血队伍正不断发展壮大，哈尔滨工业大学开展了"民族血，铸民魂"活动，自发组成"工大活血库"，公开承诺：只要有需要，采血车可随时开进校园，保证提供可靠血源。"工大活血库"报名登记者逾千名，已献血300余人。此举在哈尔滨各高校引起连锁反应，大学生无偿献血热潮此起彼伏。

电视剧《血疑》女主人公幸子那罕见的Rh阴性血液，给许多人留下了深刻印象。黑龙江省齐齐哈尔市一名和幸子血型相同的患者安然度过了生与死的考验。因突发脑出血，这名患者急需2000多毫升Rh阴性临床用血，可齐齐哈尔所有的血库都没有这种血液。

情急之下，他们向300多公里以外的哈尔滨市红十字血站求助。

招募公告通过媒体发布后，得到了哈尔滨市民的热烈响应。两小时内，80多名市民通过热线电话表示自愿献血。6个多小时后，血浆安全运抵齐齐哈尔，患者家属泣不成声："谢谢！谢谢哈尔滨人送来救命血！"

谈起这件事，哈尔滨市红十字血站站长贾冠军感慨万千："3 年前，别说援助兄弟城市，哈尔滨市自身也难保。"

那时，哈尔滨市的临床用血有相当一部分来自个体卖血，无偿献血所占比例不足 20%。为弥补巨大的用血缺口，市政府多次召开紧急会议，反复下发紧急通知，层层分解献血指标。

为完成指标，许多单位不得不依靠行政命令外加物质刺激强制推行，个别单位甚至找人顶替。这不仅和《献血法》的要求相背离，而且给血液安全带来巨大隐患。

1998 年下半年，就在《献血法》颁布实施之际，又一次严重的"血荒"降临哈尔滨，全市所有血库库存一度几乎为零。严峻的形势使哈尔滨市的决策者认识到，推行无偿献血刻不容缓。

3 年过去了，哈尔滨市平稳实现了从有偿供血到无偿献血的跨越式转变。到 2001 年 2 月，全市临床用血 100% 来自无偿献血。

在 2001 年 12 月举行的全国无偿献血表彰大会上，哈尔滨市副市长程幼东代表获奖城市发言，介绍开展无偿献血工作的经验。

短短 3 年间，哈尔滨市的无偿献血工作为什么能发生如此巨大的变化，市民的积极性又是如何被调动起来的呢？

事实上，3 年前，当哈尔滨市准备大规模推动无偿献血时，连市政府和卫生局的一些人也担心：是不是有点超前了，市民的素质能跟得上吗？

“3 年的实践证明，当初的担心是多余的。人民群众中蕴藏着巨大的积极性。只要把道理讲清楚，工作做细致，赢得理解和支持，无偿献血就会变为群众的自觉行动。”哈尔滨市卫生局局长谷励说。

献血会不会有损身体健康？这是人们首先关心的问题。为此，哈尔滨市红十字血站专门成立了宣传机构，印制各种形式的宣传资料 100 余万张，并深入 7 区 12 县（市）宣讲。

哈尔滨市各新闻单位也都在重要版面或黄金时段开设专栏、专题节目，宣传无偿献血生理知识。

问题又来了，既然对身体健康无害，为什么领导不献？于是，一项名为“奉献爱心大行动”的无偿献血促进活动开始在全市展开，包括省长、市长、卫生局局长在内的近万名机关干部、武警战士、大学生走进了街头采血站点……

优质服务是无偿献血得以顺利开展的重要保证。哈尔滨市专门开设了免费咨询电话和语音信箱，全天 24 小时开放，随时回答市民提出的问题。

他们引进了一套计算机管理软件，将献血者的资料录入储存，每到献血者生日或重大节假日，总会通过电话或贺卡送去问候和祝福。后来，他们发起成立了全市稀有血型者联谊会，定期聚会。

工作的力度与献血的人数是成正比的，正是由于多部门联动，全方位发动，许多人受到潜移默化的影响，打消了思想上的顾虑，自觉加入无偿献血的行列中。3 年间，哈尔滨市共有 20 多万人次走上街头，无偿献血量达 43. 8 吨。

“我不认识你，但我谢谢你。”在风景如画的松花江畔、抗洪纪念塔旁，悬挂着一幅巨型公益广告。

画面上，一个笑容灿烂的小姑娘站在明媚的阳光下，背景是无偿献血采血现场。小姑娘纯真的笑容、渴望的眼神，仿佛是对爱心无声的呼唤。

云南无偿献血汇真情

2003年，在云南省昆明市，各大医院再也不会为用血紧张发愁了。患者需要输血时，只需向昆明血液中心打个电话，立即就能得到解决。

自2002年以来，无偿献血在春城昆明形成热潮。据统计，在2002年，昆明无偿献血的血液用于临床的比例较上年猛增3倍多，由原来大大低于全国平均水平上升到高于全国平均水平11个百分点。

2003年，昆明无偿献血势头更猛。除特殊用血外，无偿献血的血液可基本满足全市临床用血需要，为救死扶伤提供了可靠的用血保证。

据昆明血液中心具体负责采血的梁大夫说，过去，他们一大早就上街采血，往往等上一整天还不能完成任务。而后来，只要无偿献血采血车一开出去，用不了多长时间就圆满完成任务，且往往在收车时还有不少人等着献血。

在采血车前，发生过一幕幕动人的场景：数十人将采血人员围得水泄不通，有学生，有解放军战士，有打工的小伙，等等。他们争相咨询、填表、量血压、搞化验，一派热闹景象。采血车内，也排满了等待采血的人们。更可喜的是，在献血人群中，大中专学生占了半数以上。

据了解，10 次以上的献血者在昆明越来越多，还涌现了一些献血“状元”。

中科院昆明分院干部吕林，坚持义务和无偿献血十多年，献血近 80 次，献血及血小板总量达 1.5 万多毫升，相当于全身总血量的 3.5 倍多，救助了数十人的生命，受到中国红十字会的表彰。

中国人民武装警察部队驻滇南某部战士刘志宏，1998 年以来利用节假日自费赴昆明，无偿献血 70 多次，献血量 1.5 万多毫升，成为年平均献血最多的人。

当别人问他这样做的想法时，他回答说：“我没有条件在其他方面奉献社会，但我有好的身体，献点血去救助那些困难的患者，也算尽到了自己的一份力量。”

昆明无偿献血活动之所以能形成热潮，除了献血模范人物的带动作用外，与血液中心进行广泛深入的宣传和不断改进服务质量是分不开的。

2002 年以来，昆明血液中心利用广播、电视、画册等多种形式，积极宣传《献血法》，宣传血液生消规律和献血无损健康等知识，使广大市民摆脱了传统观念的束缚。

同时，血液中心的采血人员为无偿献血者配备了饮料、食品、纪念品等，进行热情周到的服务，并开展健康知识咨询，温暖了人心。

因此，昆明的无偿献血活动不断迈上新的台阶。

杭州稀有血型库不枯竭

2005年2月17日，春节期间，雨雪绵绵，然而，杭州城却热血沸腾。

来自杭州市献血办的消息显示，春节长假7天，一共有599人自愿参加无偿献血，共献血21.18万毫升，同比增加了3.93万毫升。尤其是情人节这天，共有206人参加了无偿献血。

大年初四的下午，在武林广场采血点，一位稀有血型的献血者郑虹前来献血，她的血型是O型Rh阴性。这种血型，拥有比例仅为千分之三！

在杭州，常见的ABO血型偶尔会出现血荒，而人群拥有比例仅为千分之三的稀有血型Rh阴性血，却从未告急过，这是因为，有一张由472人共同编织的生命红网，在默默支撑着省血液中心的“稀有血型库”。

2004年12月15日18时30分，省粮油食品进出口公司的黄敏、下城公安分局武林派出所的吕毅和省工商业联合会的兰先生先后冲进省血液中心的献血大厅，血液中心公共关系部的工作人员阮锡金这才松了一口气——19岁男孩姚坚有救了！

姚坚是杭州第四机械学校的学生，12月9日，他在毕业实习时不慎受伤，被送到省人民医院急救。

医生确诊：小姚为广泛性挫伤，头部、肺部伤情都非常严重，由于内脏大量出血，他的血色素低于4克，不到正常人的四分之一，必须立即输血抢救。

检查发现，小姚的血型是稀有的O型Rh阴性。然而，就在小姚受伤的前几日，杭州、建德、嘉兴等地的医院陆续接诊了O型Rh阴性血的病人，省血液中心原库存血已经不足。

第二天，浙江省献血管理中心紧急在全省范围内调集O型Rh阴性血；省血液中心也迅速启动了稀有血型应急名库，与在杭的O型Rh阴性血者联系，希望他们前来献血。

当天下午，5位与小姚素不相识的O型Rh阴性血者，赶到省血液中心献血大厅，挽起了袖子，无偿捐献了6个单位（一个单位相当于200毫升）的血液。

不到一星期，小姚身上输入了22个单位的O型Rh阴性血，相当于更换了全身大部分血液，他的病情逐渐好转。

据了解，这种发生在省血液中心的突发事件实在是太多太多了！几乎每个稀有血型者都有过一段挽救他人生命的动人故事。因为他们知道，帮助别人就是帮助自己。

每回有新资料入库，资料库负责人做的第一件事，就是电话告知其本人："你的血很稀缺，如果需做手术，一定要提前告诉医生备血……"

这时，绝大多数人的第一反应是惊诧：“怎么，我的血有问题?”

在第一次电话中，工作人员还要说明：“如果其他稀有血型者需要用血，希望能得到您的支持!”

“没问题，只要我在杭州就一定来。”只有这样的一句口头承诺，平平淡淡却很守信。

做这个工作已有些年了，省血液中心公共关系部的工作人员阮锡金说，他至今仍常常被感动。

“因为我们都属于这千分之三，关键时候还要互相救命。只要和我血型相符，需要我献血，我一定会随叫随到的。”蔡海兵在省武警总队当了7年武警，快人快语的他一和人聊起献血，就显得非常激动。

他曾经在2003年的时候挽救过一个患白血病孩子的生命。“我是一个性格非常开朗的人，2002年，当得知自己是A型Rh阴性血型时，起先还觉得挺奇怪，以前只在报纸上看到过，没想到竟然发生在自己身上。”

“我现在每年两次定期献血400毫升，坚持了3年。”蔡海兵自豪地说，“献血对身体没有坏处的，一年下来我连小感冒都很少有啊!”

浙江省血液中心每年都会召开一次稀有血型者联谊会，每次，那些原本素不相识的献血者，都会激动地互相握手，互留联系方式，彼此间异常“亲近”，像有了真正的血缘关系一样，甚至比亲人还亲，因为他们知道，就算亲生父母也未必属于这“千分之三”。

范立平是浙江省旅游局的一名普通干部。2003 年第一次参加无偿献血时被发现属于稀有血型：B 型 Rh 阴性。

“当时，我真的感到很沮丧，觉得自己和普通人不一样，同时也感到很孤单，不知道该怎么办才好。后来，通过省血液中心每年举办的稀有血型者联谊会，认识了很多和我一样的朋友后，心里的负担才放了下来。”范立平说，从此，他变得乐观了，不再觉得孤单了。

2004 年 7 月 2 日，浙江省儿童医院有一名刚出生的婴儿被诊断为新生儿溶血症，需要换血抢救治疗，而这个孩子的血型是 B 型 Rh 阴性，连他母亲也无法为他输血。

时间在一分一秒地过去，当范立平接到求助电话后，他立即赶往血液中心，献血 400 毫升。

自己挽救了一个小生命，范立平感到很自豪，同时，想到当自己处于危险境地的时候，也会有人毫不迟疑地挽起袖管，范立平觉得自己很幸福。

据省血液中心主任严力行介绍，1996 年，中心建立稀有血型名库，对所有献血者的血样进行稀有血型筛查。

2001 年 2 月，中心建立了稀有血型冰冻库，血样一旦测出是 Rh 阴性，整袋血立即被放入稀有血型冰冻库保存，献血者的信息也被调入“稀有血型资料库”。

稀有血型者所献的血，经过检验合格后制备成冰冻红细胞，存放在零下 80 摄氏度冰箱内冰冻，可保存长达

10 年之久。

2005 年，登记在册的稀有血型者已有 472 人，2004 年全年一共采集了 471 人。这 472 名稀有血型者都是在无偿献血过程中陆续被发现的。

2005 年 11 月 13 日上午，在杭州市吴山广场，浙江省血液中心联合杭州市慈善总会等单位，建立了全国首个稀有血型预备血库。

近百名志愿者现场参加了体检抽血，在他们中间，一旦发现有稀有血型，将马上被录入到预备血库中。

浙江省血液中心的稀有血型库之所以会“永不枯竭”，是因为一些稀有血型者每隔 6 个月会准时献血。

虽然登记在册的稀有血型者已有 472 人，但在需要时，实际供血的不过几十人。因为不少人在献血时留下的电话后来会发生变动，比如毕业离校或工作单位发生变更等。更常见的一种情况就是，遇到突发事件，电话打通了，对方确实工作比较忙脱不开身，不能来了。如此一来，原本就不兴旺的阴性血型者花名册便大大“缩水”。

所以，省血液中心工作人员都会进行跟踪回访，确保跟献血者保持联络。

省血液中心曾向社会公布过稀有血型咨询电话，但是，打进电话愿加入阴性血献血队伍的市民并不多。

据悉，上海市血液中心目前正在协调开展覆盖全国 56 个民族的稀有血型筛查项目，中国稀有血型库将可能在上海诞生。

稀有血型的临床供应是一个国际性的难题。

国际上，当医院和当地的血库中找不到相应的稀有血型的血液时，就会向国家稀有血型库查询，直到求助于国际稀有血型库。

“如果临床中有更多的稀有血型，杭州每年至少可以挽救上百名稀有血型病人。”省血液中心输血研究所血型参比室的洪小珍医生说，“但是，由于人种不同，在我国稀有的血型在国外可能就不是稀有血型。所以稀有血型方面的国际协作、资源共享至关重要。”

人类的血型一般分为 A 型、B 型、AB 型和 O 型 4 种。除了这 4 种重要血型，另外还有一种特殊的因子，叫做 Rh。在普通人群中，Rh 阴性血型的概率为千分之三。

浙江成立无偿献血志愿队

2005年6月14日，是第二个“世界献血者日”。

在这个特殊的日子里，浙江省首支无偿献血志愿工作者队伍正式在杭州成立。

“无偿献血请跟我来!”面对夏季可能出现的供血紧张局面，志愿者们呼吁广大群众积极加入无偿献血的行列。

新成立的浙江无偿献血志愿工作者队伍由200多名无偿献血先进个人和社会团体组成，他们除了积极履行无偿献血义务外，还承担起宣传、动员无偿献血的任务。

据了解，浙江省目前临床用血100%来自无偿献血，但供血紧张情况时有发生，尤其是在每年的夏季。

2005年8月30日21时到31日晨4时，浙江省血液中心打响了一场充满爱心的“战役”，和爱心相伴的是浓浓的热血。

8月30日21时多，浙江省血液中心公关部接到浙江医学院第一医院来电：“我们有个肝移植病人急需用血小板，请尽快送到!”

浙江省血液中心值班人员立刻紧急召集已下班的部分职工赶到单位，同时对照血型在献血志愿者名库中查找符合条件的献血员，马上打电话进行紧急招募。

很多献血员都已经睡下了，可是一听到召唤，马上起床火速赶到血液中心。

21时20分，第一批献血员谢立海、黄俊杰、金敏华赶到，马上进行身体检查。体检、检验、机采，工作人员争分夺秒与时间比赛。零时，第一批血液制品制作完成，并由专车火速送到浙医一院。

凌晨1时左右，浙江医学院第一医院再次打电话到血液中心：病人仍需血小板。

此时，献血员周建萍、周玉琴和何志刚也赶到了。临服部、血库和检验科工作人员连夜赶制到凌晨4时，医院所需要的血液制品全部顺利赶制完成并及时送达。

当得知病人及时输注了血小板，已暂时无碍的消息时，满脸疲惫的献血员和工作人员这才如释重负。

这些献血员全部是无偿志愿服务的。“救人要紧”这个单纯的信念让这些不同年龄、不同职业、素昧平生的献血员深夜赶来。对此，省血液中心希望通过《杭州日报》向这些不计任何酬劳的献血员表示感谢。

2005年9月7日一大早，杭州市献血办公室门前9位特殊的“游客”，身披大红绶带，满脸笑容，引起了过往路人的注意。

原来，他们都是杭州市无偿献血“金奖”获得者，不少人还是杭州市及各区的献血“状元”，这次是去建德参加杭州市首次组织的无偿献血“金奖”获得者疗养活动的。

这些“金奖”获得者绝大多数的献血量都超过了1万毫升，由于他们此次还担负着无偿献血公益宣传的任务，所以在出发前，把1000多公斤的宣传资料搬上车成了他们第一个要完成的任务。

不过，别看“状元”们年纪都不小了，可搬起东西来却不含糊，一个个干得轻松利索，这也再次验证了献血无损健康的道理。

杭州市献血办公室的工作人员介绍，自《中华人民共和国献血法》颁布后，杭州市的无偿献血“金奖”评选已开展了两届。其中2001年的首届有4人获奖，2003年的第二届增加到7人，这些“金奖”获得者为杭州市的无偿献血工作起到了积极的促进作用。

首届无偿献血“金奖”获得者任国栋等也在这支疗养队伍中，他们兴奋地说：“虽然我们已超过献血的法定年龄55周岁，但我们宝刀未老，一定要做好无偿献血宣传员，让更多的人加入无偿献血的队伍，壮大全市献血‘状元’的队伍，并提高无偿献血者的文化层次和精神文明意识。”

各地成立无偿献血志愿队

2005 年 6 月 14 日，在“世界无偿献血者日”，南宁市“红色爱心”志愿者服务队成立。经过一年多的发展，服务队由原先的 300 人发展到后来的 1000 多人。

在“红色爱心”无偿献血志愿者服务队的大力宣传和招募下，南宁市无偿献血总人数首次突破 10 万人次，创下历史新高。

2005 年 11 月 12 日，黑龙江省首支无偿献血志愿者服务队——大庆市无偿献血志愿者服务队成立大会在大庆召开。

这是黑龙江省第一个无偿献血志愿者服务队，首批共有 120 名志愿者加入。主要是大庆市各高校的学生，还有部分公务员、卫生工作者和工人，年龄最小的 18 岁，最大的 44 岁。

此次，大庆市成立的无偿献血志愿者服务队为临床用血建立起一片“血液绿洲”。

志愿者们不仅要在生活中宣传、组织、动员、服务于无偿献血，在血液库存量少或者临床缺少血液时，还义不容辞地成为无偿献血者，从而使无偿献血工作由单位集体无偿献血向街头自愿无偿献血转变，由个人一次性献血向个人多次性献血转变。

无偿献血志愿者服务队的建立，标志着黑龙江省已初步建立起了保证临床用血的“血液绿洲”。

2006 年 3 月 24 日上午，常熟无偿献血志愿者服务总队正式成立。

9 时，来自全市的 350 多名志愿者，统一戴着有志愿者标记的红帽子，集中在海虞东方广场。市领导向志愿者代表颁发了无偿献血志愿者服务总队队旗。然后，志愿者们一道宣誓，志愿加入献血服务总队。

2006 年 8 月，北京首都卫生系统发起成立无偿献血志愿者服务队。

2006 年 8 月 8 日上午，来自首都卫生系统 28 家医疗单位的 244 名白衣天使率先垂范，现场无偿献血 254 个单位，启动了“守护生命、爱心承诺”天使行活动，用爱心和热血迎接奥运会开幕。

自此，一支由本市医务人员做表率，以市卫生局直属 28 家医疗机构为起点组成的，首都无偿献血志愿者服务队在北京市红十字血液中心宣告成立。

来自北京天坛医院、北京妇产医院等 28 家医疗机构的近千名医务人员，成为“守护生命、爱心承诺”天使行活动和服务队的首批志愿者。

在成立大会现场，89 名医务人员捐献血液 97 个单位。当日，中日友好医院的 54 名医务人员和石景山区卫生局系统 101 名工作人员也参加了相关活动，无偿捐献血液 157 个单位。

2007 年 4 月 3 日下午，山东医专的 1000 名学生集体签名表示自愿加入无偿献血志愿者服务队。

由此，山东省首支无偿献血志愿者服务队成立，今后山东省血液中心等部门还将继续联合招募此类志愿者。

志愿者队伍主要从事无偿献血的宣传和献血方面的健康咨询，同时还作为应急献血预备队。志愿者服务队成立当天，200 多名山东医专学生无偿献血。

2007 年 5 月 14 日，广东药学院中山校区成立了广州市首支高校无偿献血志愿工作者服务队，校区的 30 名红十字会员成为服务队第一批队员。

…………

全国各地无偿献血志愿者服务队的成立，不仅致力于无偿献血的宣传、动员和服务，还通过志愿服务扩大人们对无偿献血事业的支持和参与，进一步加强应急献血及稀有血型者志愿组织的建设，以确保应急时期的临床用血达到足量和安全。

大连成立无偿献血者俱乐部

2006年6月7日16时，正准备下班的大连血液中心工作人员，接到了医院的紧急求援电话，为保住重度溶血婴儿的性命，急需600毫升O型Rh阴性血。

血液中心工作人员以最快的速度找到了两名稀有血型的无偿献血者于莉慧和朱德才。

“献血……救人……”两位献血者接到血液中心电话后没有犹豫，放下手中的工作立即赶到血站。对他们两个人来说，在这样的紧急情况下献血救人，已经不止一次了。

此时，医院里孩子已经出生了，医护人员也做好了换血的一切准备工作，就等这救命的血了。在这个万分紧要的时刻，一分钟就好像是一小时。

所有的备血、检验工作迅速而又细致，原本600毫升血就够用了，但是两名献血者都坚持每人献血400毫升，以备换血中的意外。

从医院发出求援信息到血液送到大连市妇产医院仅用了3个多小时。24时，历时3个小时的“换血”成功了，小婴儿得救了。

幸子，就是张少文给他幸运的女儿起的让人难忘的名字。看着健康可爱的女儿，张少文哭了。幸子的成功生还是一个奇迹，这个奇迹与幸运是那些无偿献血的好心人创造出来的。

大连市已有 40 多万人次无偿献血。在这些无偿献血的人当中，王晶坚持了 18 年，每年无偿献血两次。

这一天，和往常一样，王晶献血后又是一个人默默地喝杯饮料后就悄悄地走了。

血站的工作人员说：“她一定是悄无声息地回单位上班了。有时怕影响工作，她还利用节假日等休息时间到采血车上献血。”

18 年来，每逢结婚纪念日、生日等喜庆日子，王晶都是以无偿献血作为纪念。单位领导说，起初不知道她献血。这么多年，她从未因献血休息过一天、拿过一分钱补助。

王晶是司法行政系统的一名普通女警官，从 1987 年至今已无偿献血 1.02 万毫升。她成为大连市无偿献血最多的女性，被誉为大连献血“女英豪”。

王晶常说：“人，并不只是为自己而活，也许有一天，某一个生命会因别人的帮助而延续。一个健康的人能用自己的鲜血去挽救他人的生命，应该算是一种高尚的行为。作为一名公民，一名人民警察，一名共产党员，只有去崇尚和发扬这种精神，才无愧于这个时代，无愧于自己的人生。”

她表示，只要自己的身体还允许，只要自己的血液对挽救他人的生命还有用，她就会义无反顾地在这条路上走下去，继续坚持无偿献血，为伤病员送去希望。当鲜血融入生命的海洋时，鲜血便有了生命的韵律。

在王晶的带动下，她身边也聚集了一批志愿献血者，他们希望自己的鲜血能在突发事件时派上用场。

王晶的行动并没有引起家人的反对，在由王晶牵头和大连市慈善总会组织的“大连市义工流动血库”的两次献血活动中，她的丈夫王世广都是第一个登上献血车的。而女儿王玺玫受父母影响也加入了义工队伍，小小年纪已有 3 次无偿献血的经历。

面对荣誉，王晶一让再让，她多次将有关部门奖励的钱、物返还或捐给灾区，只保存着一本本“无偿献血光荣证”。她说，做点好事不但能帮助别人，也能使自己心情愉悦，净化心灵。

像这样的感人故事、动人事迹，在大连市血液中心人人都可以说上几个。

中心主任安万新说：“目前，我市已有固定志愿无偿献血者 3000 多人，他们都是每年献血两次，一次献血 400 毫升。现在，我们已经建立起一支近 300 人的稀有血型志愿献血者队伍，已经有 100 多名志愿献血者加入机采血小板行列。”

这些固定献血者，成为大连市的爱心流动血库。每当遇到稀有型或急救用血时，他们无论是在休息，还是在工作；无论在市内，还是在县区，只要接到血液中心的电话，就会以最快的速度赶来献血救人。

大连市的无偿献血事业，得到了社会各界的大力支持，到2006年，大连市实现了临床医疗用血100%来源于志愿无偿献血者的目标，保证了临床医疗和抢救用血；在源头上保证了血液质量，避免了经输血途径传播疾病的发生。

大连市血液中心已招募在册的3000名固定志愿无偿献血者中，一次献血400毫升的占总献血人次的80%。有6辆采血车分别设在市内和区（市）的繁华场所，每天都有百余人在街头采血车上无偿献血。

为了更好地贯彻《中华人民共和国献血法》，建立一支固定的志愿无偿献血者队伍，保证临床医疗用血的需要和安全，加强献血者之间的联系与交流，同时为全市临床用血建立一个坚实的保障，大连市成立了“大连市志愿无偿献血者俱乐部”。

俱乐部的会员都是近两年无偿献血1000毫升以上者评选出的“星级会员”，都是国家《献血法》实施以来无偿献血4000毫升以上者。

其中，献血量最多的是五星级会员、大连医科大学的张成鸿，达到1.54万毫升。他是大连市当时献血最多的人。而第二名的徐俊强，是全国文明驾驶员，他不但自己无偿献血1.32万毫升，还带动了20多名的哥无偿献血。

献血1万毫升的55岁的谢绥，是献血之星中年龄最大、献血时间最长的人；于杨是最年轻的献血之星，只有23岁，从18岁开始献血，有9000毫升的献血记录。

血液中心的工作人员称他们是最可爱的人。在多起急诊患者抢救中，市民踊跃献血，使生命垂危的病人起死回生，得到患者家属和单位的赞扬，在社会上引起强烈反响，唱响了一曲曲感人的热血颂歌。

在大连，一支安全、稳定、低危的志愿无偿献血者队伍正在初步形成。无偿献血在大连市已成为一种社会新风尚。大家都伸出友爱之手，献出仁爱之心，加入献血者的行列。

江门成立无偿献血义工队

2007 年 2 月 9 日，广东省江门市首支无偿献血义工队正式成立。

据江门市中心血站卢副站长介绍，无偿献血义工队是经过江门市红十字会批准，开展无偿献血的专业性义务服务团队。自从筹备以来，得到了江门市社会各界的积极响应，到目前已有 273 人报名。

义工服务队的队员来自社会各界，当中有农民、工人、医生、教师、公务员等，尽管他们来自各行各业，但他们大多数都有无偿献血的经历。

义工队的成员葛保军被称为五邑献血第一人。他从 2000 年开始献血，前后总共献血 25 次（含献成分血），其中 200 毫升 3 次，400 毫升 5 次，机采血小板 30 人份，共 1.96 万毫升，是整个五邑地区献血量最多的人。而且，他并不是江门的本地市民，只是一名外来打工人员。

27 岁的葛保军是河南人，他在司前镇的日兴不锈钢公司工作。2000 年年初，初到新会打工的葛保军走到东湖广场，看到义务献血宣传车前有不少人在献血，他随即加入了无偿献血行列，第一次献了 200 毫升。从此以后，他就一直坚持献血。

葛保军参加无偿献血的优秀事迹，从来没有告诉过工作单位，他的大多数工友也并不知道。葛保军说，自己觉得这完全是自愿行为，没有什么值得向其他人炫耀的。

无偿献血义工队的另一名成员杜佩依，是一名普通的江门市民。在江门市女性中，她的献血量是排第一的。

她的献血经历比葛保军更早一些，从1998年就开始了。在长达8年多的时间内，杜佩依总共献血23次（含献成分血），计1.9万多毫升，包括8次200毫升，4次400毫升，机采血小板20人份。

她说："我觉得这是应该的，当你自己或身边亲朋碰到需要输血的情况，你的感受就会很深了。真希望能有更多的市民，加入我们的队伍。"

江门市中心血站卢副站长说："这些义工的行为真的令我们很感动，他们几乎是随叫随到。碰到紧急情况，打个电话给他们，他们都会赶来献血。"

卢副站长同时鼓励更多的人来无偿献血，他表示：凡是年龄在18周岁以上，愿意履行无偿献血义工的义务的人士，都可以踊跃报名参加献血义工队。

累计献血达600毫升者，自献血满600毫升之日起的3年内，其配偶及直系亲属需临床用血时可享受所献血量2倍量的免费用血，3年后享受所献血量等量免费用血。

至于部分市民"献血会不会危及健康"的顾虑，卢副站长表示：每个成人全部血量大约在4800毫升，献血一次仅为200或400毫升，不足全部血量的5%或10%。

所以，健康人适量献血不会影响健康。相反，同任何生物一样，人的血液是不断新陈代谢的。一般每 4 个月红细胞就要更新一次，献血会刺激人体造血功能，促进新陈代谢，增加新生细胞，有利于身体健康。

卢副站长表示，虽然适量捐血不会影响健康，但是正常人捐血前一天应当有充足睡眠，不要饮酒，献血前一餐勿食过分油腻的食物，一周内不要服用阿司匹林。

正是这些无偿献血的团队的无私奉献，支持了江门血库。江门临床用血连续 8 年全部来自无偿献血。

2006 年，江门全市总共接受无偿献血 86. 59 万毫升。而无偿献血义工队的成立，标志着江门市无偿献血工作有了新的进步。

深圳获无偿献血先进奖

2007年6月14日9时30分，2004—2005年度全国无偿献血表彰电视电话会议准时召开。

深圳市在鸿波大厦电视电话会议厅设立了分会场，陈海明、王诚、张权等获奖者代表参加了本次表彰会。

在本次表彰会上，深圳市第五次荣获无偿献血先进城市奖，获得无偿献血奉献奖金、银、铜奖的人数分别为540人、255人、581人，235人荣获无偿献血特别促进奖，41人荣获无偿捐献造血干细胞奉献奖，深圳大学理学院义工协会获得了无偿献血促进奖先进单位称号。

深圳市副市长代表先进城市在表彰会上发言，他在发言中说：

> 今天，深圳第五次成为全国无偿献血先进城市，这是卫生部、中国红十字总会对深圳市无偿献血工作的充分肯定。我们将一如既往，努力工作，确保我市的血液安全。

最后，卫生部部长高强对全国无偿献血情况作了总结发言。高部长在发言中多次提到深圳，对深圳无偿献血志愿者服务队和深圳市血液中心的工作给予表扬和肯定。

在深圳，常能看到这样一个场景：无论刮风下雨还是烈日当空，无论献血车停在哪里，都会有热情的深圳人排着队上车献血。无偿献血已成为深圳一道亮丽的城市风景线，深圳连续10年无偿献血100%满足临床用血。

然而有谁能想到，10多年前，深圳也曾是一个“贫血”的城市。1993年前，由于经济飞速发展，人口急剧膨胀，深圳的临床用血出现了“血荒”，大量的临床用血依靠个体卖血。卖血的人毕竟不多，只能满足全市用血量的20%，剩下的余缺只有从外省调入。

在市血液中心档案室里，记者见到了一张统计表，上面记载着：1993年全年只有55人无偿献血。

深圳无偿献血的转折点是在1995年，这一年，市人大常委会制定的《深圳经济特区公民无偿献血及血液管理条例》开始实施，这是我国内地第一部有关无偿献血的地方法规。

法规赋予了献血人多项权益，它规定：无偿献血的公民，其血液经检验合格后，在特区可终生无限量免费、优先用血；其配偶、子女、父母可在特区免费使用其无偿捐献的等量血液。

《深圳经济特区公民无偿献血及血液管理条例》的出台，对深圳的无偿献血事业起到了极大的推动作用。仅在“条例”颁布的当年，全市就有6202人次参加了无偿献血，无偿献血量在医疗用血中所占的比例达到18%。

1998年10月1日，《中华人民共和国献血法》开始施行，全国各地开始大造声势宣传无偿献血。而此时，深圳宣布：市民无偿捐献的血液，可以100%地满足本地临床用血。

短短3年时间，深圳就完成了由有偿献血制向无偿献血制的平稳过渡。而这种过渡，国外发达国家用了10年甚至20年才完成。深圳人又一次用爱心创造了“深圳速度”。

如今在深圳，无偿献血已成为深圳人的观念。14年来，市民累计捐血113.6万人次，捐血量227吨，救治病患43万人。

赖嘉河是深圳市罗湖区总商会的一名普通工作人员，而他的另外一个身份则是深圳市红十字会无偿献血志愿者服务队宣传分队的队长。从1998年加入无偿献血者行列以来，赖嘉河累计无偿献血5.9万毫升，相当于把全身的血液换掉了10次。

这些年来，他获得过全国无偿志愿献血金杯奖和国家无偿献血促进奖，还三次获得国家无偿献血奉献奖金奖，为无偿献血工作志愿服务2000多小时。

对于深圳市民无偿献血踊跃的原因，赖嘉河是这样理解的：“改革开放以后，我们大家生活富裕起来了，人都健康起来了，所以我们市民都说能用我们自己的热血回报社会，这是体现我们价值的地方，能为社会做点好事，很开心做这个事情。”

深圳的无偿献血事业在全国率先实现了三个转移，即一次献血200毫升向400毫升转移，献全血向献机采成分血转移，献血向献骨髓转移。已有64名志愿者为国内外的血液病患者捐献了救命的造血干细胞。

深圳市血液中心副主任朱为刚，见证了深圳无偿献血事业发展的全过程。他说，《深圳经济特区公民无偿献血及血液管理条例》有四大亮点：

一是在国内率先倡导自愿无偿献血。《深圳经济特区公民无偿献血及血液管理条例》的出台，给国家《献血法》的制定提供了宝贵的经验和借鉴。当年，深圳市血液中心的人员就曾参与了《献血法》的制定。

二是体现了“让‘雷锋’做好事不吃亏”的精神。让无偿献血的志愿者及家属免费用血，这体现了一种相互关爱、互帮互助的精神。这一点也是“条例”的创新及精髓所在。至当年的6月，市血液中心为1494名献血者及其家属报销了用血的费用，总计150.9万元。

三是明确倡导无偿献血和保障血液安全是政府的职责。提倡无偿献血最根本的目的就是要保证临床用血的安全。

就在“条例”颁布实施的当年，市政府就将深圳市血液中心建设列为为民办实事的十大工程之一，将市血液中心建设成为设备一流、技术先进、达到国内先进水平的血液中心。

市财政每年投入足够的资金，确保无偿献血事业健康持续地发展。各级领导身体力行，积极参与无偿献血，起到了很好的表率作用。

“条例”中对血液的采集、检测和管理有着非常清晰具体的规定，明确要求“特区实行统一规划采供血机构、统一管理血源、统一采供血及合理用血的血液管理制度”。从深圳市全面实行无偿献血以来，全市没有出现一起血液安全事件。

四是与国际接轨，将献血的间隔期限定为 3 个月。这是对献血者健康的有力保障，同时也使深圳拥有了一支数十万人的定期捐血者队伍，定期捐血者占总献血人数的 60%。

深圳市开展无偿献血工作的成功经验证明，要使无偿献血工作深入、持久地开展下去，必须加强各级人民政府的领导，通过政府行为，协调各方面力量，进行广泛的宣传、动员和组织工作。

三、人人参与

●献血之后，医务人员给了林瑞班一本宣传手册。一看他就明白了，原来血液是在人体内不断更新循环的，定时献血既不伤害自己，又利于他人。

●一大早，在泉城路的流动采血车里，李尚杰生平第一次无偿献出了200毫升鲜红的血液。

●乐宝菊笑着说："献血能促进新陈代谢，这也许是我显得年轻的一个秘密吧！"

田海滨做献血爱心使者

如果说公民无偿献血是用“爱心”编织的红色纽带，那么，齐化集团有限公司动力厂供电车间技术员田海滨就是这一行动的“爱心使者”。

毕业于东北重机学院电气工程专业的田海滨，1993年入厂参加工作，从1990年开始积极参加无偿献血，到2004年已15个年头了，累计献血2.88万毫升，共计献血144次，是目前黑龙江省无偿献血次数和数量最多的人。

1990年9月23日，齐齐哈尔东北重机学院的大学生田海滨，正去街上买棉衣。在齐齐哈尔火车站广场，田海滨遇到了一辆无偿献血车。

田海滨从工作人员手中接过一份宣传无偿献血知识的宣传单，边走边看，了解到无偿献血对人的身体没有任何损害，对健康反而有好处，献血救助他人同时还是高尚之举。

在此之前，他对无偿献血一无所知，只是从中学语文课本上知道：一位名叫白求恩的加拿大人为中国的八路军战士献过血。献血是件高尚的事情，这在他的心里扎了根。

买完棉衣后，田海滨就走进了无偿献血车，那次他献了200毫升血。

晚上回家后，他将自己无偿献血的事情告诉了母亲，母亲没有责怪他，而是给他沏了一大杯红糖水。可是母亲怎么也想不到，从第一次无偿献血后，儿子在无偿献血的爱心之路上一路走了下去。

1993年，田海滨大学毕业后到齐化集团工作，齐化集团在齐齐哈尔市郊区的一个镇上，坐汽车要倒两次车花40多分钟才能到血站。

田海滨说，他接受无偿献血身体检查的时候，不是每次都能顺利通过，有的时候转氨酶高就不能献血。为了能够达到合格，他要提前一个月调整饮食，但还是有过连续4个月4次检查均不通过的记录。

到1993年6月，田海滨无偿献血达到3600毫升。正因为如此，他作为黑龙江省唯一的一名无偿献血代表，出席了当年全国的无偿献血表彰大会，获得无偿献血金杯奖，在当时这是我国无偿献血的最高奖项。

得了无偿献血的金杯奖，也给田海滨带来一身烦恼。

有不少人说田海滨是傻子，别人献血可以换钱，田海滨自己搭钱献血却不要任何补偿。还有一些人认为田海滨搞无偿献血是为了得奖杯。田海滨觉得这些说法很好笑，但它确实是一股很大的阻力。

“哥呀！你的血也没少献，献几次就行了，怎么还没完没了呢？”最先找田海滨聊献血话题的是他的妹妹，田海滨知道妹妹一定受到外界的压力了。

田海滨告诉妹妹，自己献血一年也就几次，既不影响身体也不影响工作，还能帮助别人，没有道理不去做呀！

田海滨从进厂后，先后 6 次被评为总厂的先进生产者，曾当选工厂首届“十大杰出青年”。从 1993 年起，他一直是昂昂溪区的人大代表，但是，田海滨工作的努力并没有减少外界对他无偿献血的非议。

从 1995 年起，田海滨曾迫于外界的压力放缓了无偿献血的脚步。田海滨说，他参加无偿献血，只是在自己力所能及的范围内帮助那些需要帮助的人，不会给工作和家人带来任何麻烦。

但他不明白，坚持做这样一件简单的好事为什么竟也这样难？田海滨苦恼地度过了一年多时间。

有一次，在电视里，田海滨看到广东的一个女孩在血站献血，那个女孩年龄在十八九岁的样子，当时斜坐在一张椅子上，一脸的微笑，那女孩当时做的是机采血小板，这在齐齐哈尔的无偿献血者中还没有先例。

这个女孩给了田海滨很大震动，他觉得自己还没有那个女孩有胆量，那个女孩应该是自己学习的榜样。

1997 年 11 月 10 日，田海滨鼓足勇气，再次走进了齐齐哈尔市红十字中心血站。

2001 年，对田海滨来说是很重要的一年。这一年，32 岁的田海滨有了女朋友。

田海滨在认识这位姑娘的第一天，就将自己无偿献血的事情和盘托出。

还好，姑娘对他参加无偿献血的事情早有所闻。姑娘从介绍人那儿知道，1993 年，田海滨得到了齐齐哈尔市表彰无偿献血者的 400 元奖金，后来他把奖金全部捐给了读不起书的贫困孩子。

当时，田海滨所在的工厂也奖过他一笔奖金，但田海滨用来帮助了齐齐哈尔糖厂子弟小学被火车轧断双脚的小女孩。姑娘觉得认识这样一个善良的人是一种幸福。

得到了女朋友的理解和大力支持，田海滨觉得轻松了许多。

2001 年 8 月 4 日，田海滨领着女朋友去齐齐哈尔市站前广场参加献血。他特地把女朋友带进献血车，让她看看献血是一件多么普通而又简单的事情。

截止到这一天，田海滨无偿献血总量达到 1. 36 万毫升，再次成为全省无偿献血的“领跑者”。当年，田海滨还获得了无偿献血奉献奖金奖，并到广州参加了全国无偿献血表彰大会。

也是在这一年，田海滨的无偿献血行为终于得到了周围人的理解与支持。

田海滨无偿献血十几年，连感冒都很少得，50 公斤的一袋大米夹起来楼上楼下跑一趟也不喘，与田海滨一起工作的同事都说自己的身体与田海滨没法比。

在田海滨的带动下，齐化集团动力厂供电车间变电所的同事也去参加无偿献血了。而且，田海滨的父亲和妹妹，也先后参加了工厂组织的无偿献血活动。

田海滨不但积极参加无偿献血等社会公益活动，在日常工作中表现也极为突出，先后 6 次被评为集团先进生产者，当选过集团“学雷锋标兵”“十大杰出青年”“精神文明建设标兵”，1993 年当选为齐齐哈尔市昂昂溪区第十二届人大代表。

林瑞班当选无偿献血协会会长

1998 年 5 月 9 日，福建省三明市无偿献血志愿者协会正式成立，这是全国首家由群众自发组织的。

林瑞班当选为协会会长。从此，他们在全国开创了用志愿者形式推动无偿献血事业的先河。

1995 年 5 月，林瑞班从《三明日报》上看到了一份由三明市委宣传部、市委文明委、市红十字会等单位发起的《无偿献血倡议书》。这时林瑞班才知道，每天都有人因为重伤或疾病需要输血。他就独自来到三明市中心血站参加无偿献血。

当时，林瑞班对无偿献血还是一无所知的。走在血站的楼梯上，他看到墙上贴着用红纸写着的“献血，只需要一点勇气”几个大字时，心里仍在揣度：只需要一点勇气？需要什么勇气？

回忆起当时第一次去献血的情景，林瑞班说：“第一次参加的时候，对无偿献血不了解，心里也不踏实，主要是怕打针，所以我献血的时候伸出右手，把头扭向一边，左手紧紧抓住背靠椅，心在跳，腿也在抖。可是，当针管刺进去的时候，只是感觉到一点点痛，然后也没有什么感觉，不到 3 分钟的时间，200 毫升的血就献好了。我感觉献血也是挺容易的。”

献血之后，医务人员给了他一本宣传手册，一看他就明白了，原来血液是在人体内不断更新循环的，定时献血既不伤害自己，又利于他人。

这样，第一次献血的心理障碍突破了，就有了第二次，第三次……如今，他已无偿献血 66 次（其中献血成分 38 次），累计献血量达 6.74 万毫升，相当于 13 个成年人的体内血量总和。

参加了十几次无偿献血后，林瑞班感觉到仅靠个人的力量是十分有限的，需要动员更多的人来参与，可以通过无偿献血志愿者的现身说法，使市民认识到无偿献血是造福社会、有益身心的好事，从而使无偿献血等爱心行动变“要我做”为“我要做”，形成志愿奉献、服务社会的良好社会氛围。

1997 年 8 月，林瑞班开始联系无偿献血的热心人，他用业余时间来筹备组建三明市无偿献血志愿者协会，以此来推动三明的无偿献血事业。

在这支热心队伍的带动下，1997 年三明市无偿献血人数首次突破千人大关。1997 年 10 月 29 日，林瑞班成为福建省首批（仅两人）全国无偿献血金杯奖获得者。

通过半年多的宣传发动，1998 年 5 月 9 日，全国首家群众自发组织的无偿献血志愿者协会正式成立。林瑞班当选为协会会长。从此，他们在全国开创了用志愿者形式推动无偿献血事业的先河。

几年来，协会已发展会员近千人。在协会的影响带动下，1998 年三明市无偿献血人数、无偿献血量是前三年总和的两倍，1999 年首次突破万人大关。2003 年以来，三明市的临床用血已完全来源于无偿献血。协会先后被授予全国无偿献血促进奖、福建省无偿献血促进奖、福建省青年志愿者十大标兵队等荣誉称号。

协会成立后，林瑞班四处奔跑、多方联络，亲自上街现身示范，组织无偿献血活动。他创办了协会刊物《生命之泉》，并依靠新闻媒体开展无偿献血宣传活动。《小小说选刊》《今古传奇》等刊物，也被林瑞班感动，无偿帮助刊登“欢迎加入无偿献血、捐献骨髓志愿者行列”的标语。

现代科学技术的发展为林瑞班宣传无偿献血提供了更为广阔的空间。从 1999 年起，他在互联网上用“无偿献血者”的网名宣传无偿献血，在多家网站开设“爱心献血屋”“爱心与健康”“林瑞班与无偿献血”等专栏，并发起征集万人网络同签名宣传无偿献血活动。

2005 年 12 月 16 日，林瑞班又发起了“网络宣传献血捐髓全国行”活动，主要内容是在全国各省网站的论坛里发布宣传无偿献血、捐献造血干细胞等公益事业的帖子，每个月集中在 3 个省的网站论坛里宣传。

他们2005 年 12 月 16 日至 31 日在全国各大网站进行宣传；2006 年 1 月从福建、江西、湖南开始，以后以每月 3 个省的速度推进。

此后，林瑞班应邀到全省各地巡回作报告，省内外许多地方纷纷向林瑞班取经，借鉴三明市无偿献血志愿者协会的做法和经验。各地的无偿献血志愿者协会如雨后春笋，无偿献血志愿者队伍在不断扩大……

他痴心于无偿献血事业：进京参加表彰会，虚心向先进城市代表“取经”；到福州出差，专程向省红十字会领导求教；有空时，怀揣联络簿，走访志愿者；不论何时、何地，逢人就宣传无偿献血。

为了更好地、有序地开展无偿献血活动，他按会员的血型，分成四大组，再按 10 人为一小组，设一个组长，以小组为单位开展活动。

他精心设计，打印出一份份会员情况登记表，编制成一本本会员联络簿。一旦需要，招之即来，来后即献，都能很好地完成任务。

为了激励更多的爱心人士加入无偿献血志愿者队伍，他提出对无偿献血量累计达 1000、2000、3000、4000、6000、8000、1 万毫升的会员分别授予一至五星级优秀会员、特别杰出会员、终生荣誉会员的称号，起到了很好的激励作用。

1998 年 11 月，林瑞班发动志愿者组成福建省首支无偿献血应急队，有各类血型队员，并设有稀有血型分队。

有一次，三明市第一医院施行全市首例骨髓移植，手术病人需要新鲜血液。一个传呼，一个电话，应急队 30 多名志愿者立刻赶到，手术成功了。

血库告急，病人需要什么样的血型，血站与林瑞班一联系，符合血型的应急队员便如天兵神将从天而降。

几年来，林瑞班已70多次召集应急队员无偿献血，救死扶伤。2004年夏天，三明市区O型、AB型血告急，林瑞班以协会名义通过发布手机短信方式，号召志愿者和市民参加无偿献血。爱心激起千层浪，短信发出短短5天，就有近400名志愿者参加献血，拉开了“夏季战血荒，爱心接力赛”的序幕。

他还在协会中带头捐献机采成分血，并在会员中大力进行倡导。

就连个人的婚姻大事，林瑞班都把它与无偿献血事业有机结合起来。2003年5月，在三明市中心血站的流动采血车里，他与周翠林举行了“献血婚礼”，写下了中国无偿献血史上最为浪漫的一页。蜜月期间，他们在福州东街口开展无偿献血宣传，向北京小汤山医院医护人员捐款600元，并为中国造血干细胞捐献者资料库福建省分库提供了头两例造血干细胞样本资料。

林瑞班利用个人的时间、资源、财力，长期从事和参与帮助社会困难人群、保护自然环境、支持公共事业，在社会上受到群众广泛好评。

早在1992年1月，林瑞班就参与了希望工程的捐资助学活动。1997年，他把上级奖励的1250元全部捐出，帮助失学儿童重新回到课堂。

1998年以来，林瑞班还用有限的工资长期资助5名特困儿童上学。2003年2月，林瑞班组织协会会员参加市红十字会倡议的“参与捐资助学，争当爱心使者”活动，共有 8 位协会会员参加了捐资助学活动。

1998 年夏天，长江发生罕见的特大洪灾，林瑞班和协会会员在参加了自己单位的捐赠后，又联合捐款 2465 元汇到灾区。

1999 年 5 月，协会发起“报名捐献造血干细胞创建基因库”的活动。在林瑞班带头参与下，已有 2770 名会员及市民报名参与“中华骨髓库”建设。他除了自己报名参加到捐献器官、遗体的行列，还积极宣传鼓励协会会员、市民参与。

林瑞班还热情投入到助老献爱心活动中，从 1999 年 12 月起，坚持每月前往敬老院、军烈属及孤寡老人家中做好事，并与敬老院的一位残疾老人结成“一助一”对子。

林瑞班还倡导爱护环境的新风尚，带领会员回收废旧电池，多次组织会员上虎头山风景区捡白色垃圾。

林瑞班还积极向市见义勇为基金会捐款，并将个人的用血指标捐献给见义勇为基金会。

1999 年 10 月 11 日，林瑞班出席了中国红十字会第七次全国会员代表大会，受到江泽民、胡锦涛、李岚清等党和国家领导人的亲切接见并合影留念。

林瑞班还先后受到省、市党政主要领导的多次接见。2000 年 3 月，中共三明市委文明委、市团委、市青联联合作出“开展向林瑞班同志学习活动”的决定。

2001 年 8 月，共青团三明市委以林瑞班同志的名字命名“林瑞班志愿者服务队”，这是三明市首支以个人名字命名的志愿者服务队。服务队由林瑞班负责组建，下设敬老助残、环境保护、社区服务等 6 个分队，活跃在三明市各个角落，长期开展志愿服务。

林瑞班说：“生命中最重要的是爱，心中有了对家庭、对社会、对他人无尽的爱，每一天都会令人神往，值得纪念。”

在讲起十几年如一日做无偿献血这件事时，林瑞班说：“我感觉，我参加无偿献血算是一件很小的事，对我来说，是一件举手之劳的事。但我们献出的血对病患来说，可以挽救他们的生命，我觉得这是非常有意义的，也非常值得我一直坚持做下去。”

李翠萍洒向人间都是爱

1999 年 10 月，路过襄樊市人民广场的李翠萍，发现那里停着一辆流动采血车，她向工作人员详细咨询后便毫不犹豫地献出了 200 毫升鲜血。

也就是从这一次开始，李翠萍坚持常年参加无偿献血。

2004 年起，李翠萍对成分献血有了一定的认识和理解，于是开始捐献成分血。

多年来，李翠萍风雨无阻、从不间断，无偿献血总量达到 7.09 万毫升，成为当之无愧的襄樊市献血“状元”，并光荣地成为中华骨髓库湖北分库捐献造血干细胞的一名志愿者。

谈到无偿献血，李翠萍感慨很多，她说：自己没太大的本事，也不能做出什么惊天动地的伟业，但爱心是不分贵贱的，生命因爱而延续，生命因为爱而精彩。个人再苦再累，无偿献血却从不间断。这就是李翠萍，一个平凡的下岗女工，一个并不平凡的无偿献血者。

每当想到用自己的热血把一个个生命从死亡线上救回来的时候，她的心里充满了自豪与快乐。“趁自己身体还行，多救几个需要帮助的人，坚持无偿献血。”这是她常常挂在嘴边的话。

不仅如此，李翠萍还经常向街坊邻居广泛宣传无偿献血知识和献血救人的意义，向他们讲解定期献血的好处。

李翠萍以自己的亲身经历现身说法，带动大家捐献热血、奉献爱心，并经常主动到襄樊市人民广场献血点进行无偿献血的义务宣传。在她的影响和带动下，她的大姐、二姐、妹妹纷纷加入献血者的行列。

李翠萍不仅是襄樊市的无偿献血“状元”、爱的使者，而且是社会主义精神文明建设的忠实践行者。她不论走到哪里，都把爱带到哪里，她以无私的奉献和真诚的爱，书写着自己不悔的人生。

2003 年，李翠萍下岗以后干过家政，带过小孩，伺候过病人，到建材市场打过工，可无论她干什么，都是那么认认真真，兢兢业业，她以对人的一片爱心和对事业的高度责任心受到业主和老板的交口称赞。

2005 年，家住武汉的大姑姐患心脏病住院，做心脏瓣膜手术需要人照顾。李翠萍二话没说，丢下手中的工作去照顾大姑姐，脏活累活抢着干。在她的精心照料下，姐姐逐渐恢复了健康。

2006 年，李翠萍的婆婆生病瘫痪卧床。又是她，毅然辞掉瓷砖推销员的工作，将婆婆接到身边，端屎端尿，日复一日，年复一年地全身心照顾，没有任何怨言。

而此时全家的生活只能靠丈夫微薄的收入维持生计，同时还要供儿子上大学，艰苦的生活环境不但造就了她吃苦耐劳的精神和坚韧不拔的毅力，而且使敬老爱幼的传统美德在她的身上得到充分的体现。

刚开始，婆婆不会说话，她每天细心地观察婆婆的表情，用心揣摩婆婆每一个细微的表情动作，与她拉家常。慢慢地时间长了，李翠萍能准确地知道婆婆的每一个表情动作代表的意思。

在李翠萍的悉心照料下，婆婆能够慢慢地说话了。两年多的时间里，她始终把婆婆床上、身上弄得干干净净，常年卧床的婆婆身上硬是没有长一个褥疮。

李翠萍不论遇到什么事，她从来不为自己考虑，她总是站在别人的角度去思考。

2007 年的一天，李翠萍买菜回来感到头昏眼花、呕吐不止。而此时，她看到婆婆的头低着，便知道情况不好，赶紧强忍着自己的不适把婆婆送到诊所。医生立即给婆婆输氧，准备打点滴时，看到婆婆小便已失禁。

医生说：“不行了，赶快打 120 送医院。”巧的是，医院的几辆车都在出诊。

李翠萍二话没说立即背起婆婆，拦了一辆的士赶往四七七医院抢救。

看到她在医院忙前忙后，不知情的人还以为她是老太太的亲闺女，当得知李翠萍是老太太的儿媳妇时，病房里的人个个都是赞不绝口，都说：“亲生女儿也不过如此啊，难得难得。”

就这样一直到晚上 23 时，丈夫下班回来看到她仍然呕吐不止，才强行让她就诊。

李翠萍还热心社会公益事业。她常说："能尽自己的微薄之力帮助一些人，是我人生中最幸福、最快乐的事情。"她是这么说的，也是这么做的。

李翠萍家境十分贫寒，一家4口挤在一套30多平方米的旧房里。丈夫下岗后在一家私营企业打工，月薪只有800多元，儿子在武汉上大学，一年学费、生活费得上万元。本来她在一个建材市场打工，后因80岁的婆婆中风瘫痪，她只好辞职回家照顾老人。

家境的贫寒、生活的磨难，并没有让李翠萍这个坚强的女人放弃关爱社会、热心公益、无私奉献的情怀。

2008年汶川大地震中，当李翠萍看到灾区人民遭受灾害重创，受到那么大的苦难时，她悄然抹去两腮的泪水赶往血站为灾区人民献血。

在全国人民捐款、捐物以实际行动支援灾区、全力抗震时，李翠萍毅然拿出家中仅有的330元钱，捐献给灾区同胞重建家园。

李翠萍，一个平平常常的人，一颗平平常常的心，奉献的却是非同寻常的博大的爱心。李翠萍用自己的实际行动，展示着一个平凡女人大仁大义大勇的优秀品质。

毛建文十年献血不停止

2003年春节刚过，一支30多人的献血队伍浩浩荡荡地来到临沂市献血站。

其中一位怵针的青年到了血站却不敢下车，带队的毛建文鼓励他说："你到现场看一下，献血是自愿的，到时你再决定献不献。"

到了现场，看到人人都踊跃献血，就连开车的师傅都自愿献了200毫升。这位怵针的青年坐不住了，一下子献了400毫升。

这次带队的毛建文，是临沂市无偿献血最多的人。

1996年春，在一次线路施工中，同事不慎摔伤，毛建文急忙将同事送到医院。

当时，同事因内脏大出血急需输血，毛建文挽起袖子就要为同事献血，可医生一查血型，说血型不符。

看到面临生命危险的同事，毛建文急得满头是汗，几经周折才找到合适的血液，同事才渡过了难关。那一次的经历让毛建文深深体会到：一点点血液就可以挽救一条生命。

当年6月，毛建文瞒着家人，悄悄来到临沂市红十字会中心血站无偿献出了200毫升鲜血。

献血后，他感觉身体更轻快、头脑更清醒，并没有不适反应。

从那以后，他每年都要到血站无偿献血两次，成了血站的常客。血站的医务人员没有一个不认识毛建文的。

2002 年底，临沂市红十字会中心血站为了表彰无偿献血者，决定召开一次全市无偿献血表彰大会。

当电话打到毛建文所在的陶然居工程部时，工程部的干部职工们才知道平常沉默寡言、工作兢兢业业的毛建文竟是全市献血量最多的人。

毛建文参加完表彰大会回到单位，同事里三圈外三圈地围着他，问他一些献血的问题。他便把开会带回来的宣传资料散发给大家，向大家讲解献血不仅可以减少心、脑血管系统疾病的发病率，净化人的心灵，而且能够挽救他人生命，是一项在帮助他人的同时也帮助自己的好事、善事。

在毛建文的鼓动下，陶然居的青年们纷纷要求参加无偿献血。

2003 年夏天，陶然居工程部的徐志起和毛建文一起去献了 200 毫升鲜血。一个星期以后，他拨打电话查询，知道自己献的血已输给平邑县的一位病人，心里别提有多高兴了，就又来到血站献血，医生告诉他必须半年以后才能再献。从那以后，每半年他都要献一次。

在陶然居的青年职工中，谈起近一段时间血站需要什么血型的血，他们都一清二楚。问从哪里知道的，他们说："我们平常都留心电视和报纸上的献血信息。"

2008年，陶然居献血2000毫升以上的职工已有10多人，其中有2人被授予临沂市无偿献血奉献奖银奖，3人获铜奖。

2002年的一天，毛建文的妻子在家收拾书橱时发现一本红色证书和一个银质奖章，才知道毛建文已连续献血10余次，心里既感动又心疼。

毛建文回到家后，妻子做了一桌子丰盛的菜。看着丈夫狼吞虎咽的样子，她哽咽着说："献血虽是件好事，但你不能瞒着我，献血后应该回家告诉一声，我可以做点好吃的给你补补身子。"

妻子在丈夫的感染下，也想加入献血行列。2003年初，她来到献血站挽起袖子想献血，可医生一查说"你血压高暂且不宜献血"。她只能懊恼地返回家。

毛建文在家是独子，他的父亲知道他无偿献血的事后，心疼地说："你无偿献血我支持，可你也不用年年连续不断地献。"

毛建文便给他讲，菲律宾前总统拉莫斯曾41次参加献血，而且每次都是250毫升，就在他69岁生日的时候还用无偿献血的形式做生日纪念。

听了毛建文的话，父亲一个劲地点头，为自己有一个充满爱心的儿子感到欣慰。从那以后，当听到儿子又献血的消息时，他再也没有了埋怨，只是悄悄地买点滋补品送到毛建文家。

毛建文的家庭非常和睦，他说，这也得益于自己的无偿献血。因为献血，家人更加爱他，他也更爱家人。

毛建文连续10多年不断献血，已成为临沂市团员青年的楷模。自1996年6月第一次献血至2005年，已连续10年无偿献血23次，献血量达8200毫升，等于一个正常人的血液换了近两次，而他却从没因献血休息过一次。

毛建文还带动家人及单位团员青年积极参加到无偿献血中来，使山东临沂供电公司陶然居职工无偿献血量达9.6万毫升。

2002年，毛建文成为临沂市献血最多的人，先后获中华人民共和国卫生部、中国红十字会总会颁发的无偿献血铜质奖章，以及临沂市人事局、临沂市卫生局颁发的无偿献血奉献奖银奖、金奖等。

把无偿献血当成快乐

2003年，宁波北仑区人民医院医师虞日考，开始了第一次无偿献血。

此后6年来，虞日考个人无偿献血量已累计达5000毫升。从2005年到2008年期间，无偿献血总量高达3200毫升。

作为一名普通的外科医师，日常工作中与血液有着密不可分的关系，虞日考更是目睹了很多患者因失血过多而遗憾地结束了年轻的生命。

同时，虞日考深知，血液是生命赖以维持的重要元素，适量献出血液中的有形成分，可有效地降低血液黏滞度，降血脂，从而可预防高血压、血栓等疾病……这些因素促使他更加坚定了坚持无偿献血的决心。

像所有临床一线的医务人员一样，虞日考工作异常繁忙，几乎没有节假日。

但是，他每次去参加无偿献血行动，从不请假，尽量不影响工作，每次献完血后第二天又投入到繁忙的工作中，从来没有怨言。

有一次，当虞日考得知A型血告急，他值完班二话没说就急着去献血，坐了一个多小时的公共汽车才到达宁波市中心血站。

由于刚好结束长达 12 小时的值班缺乏正常休息，转氨酶没达到指定标准，最后只能无奈地放弃。

尽管这次没有献成血，在遗憾之余，他暗自决定，下次一定要休息好再来，一定要用自己的热血帮助需要帮助的人。

正是这种坚定而坚持的奉献精神，才促使他这么多年来一直持续不断地参加无偿献血活动。

在汶川大地震后，举国同哀。虞日考在第一时间响应单位号召，与 10 多位同志一起参与到机采血小板的行列。

那是第一次捐献成分血，面对很多人的犹疑与担忧，他毫不犹豫地主动报名，想要通过力所能及的方式，为灾区人民做点事，为抗震救灾贡献自己的力量。

在积极献血的同时，虞日考还积极投身精神文明建设的其他活动。

每当有重大无偿献血公益活动，虞日考都积极参与，以自己的亲身经历和切身感受，向群众宣传无偿献血利国利民的重大意义。

虞日考平时除了定期献血，还经常在单位及家里向亲戚朋友宣传无偿献血的好处，鼓励同事及家属积极参加无偿献血活动。

刚开始，很多朋友并未被说动，但虞日考以自己的行动证明了无偿献血无损身体健康。在他的长期宣传带动下，他周围献血的人越来越多。

家人也为他多年来无偿献血的义行而骄傲，一家人都非常支持他定期献血。

在这些奉献的光环中，他将无偿献血当做一件平常的事，始终保持着一颗平常心。

虞日考继续走在无偿献血的这条道路上，通过无偿献血的行为，为群众、为社会尽一份绵薄之力，用自己可利用的血液，带动更多的人，帮助更多的人，挽救更多的人！

李尚杰用热血谱写人生

2004 年 10 月，全国无偿献血表彰大会召开时，山东省总工会干部李尚杰，被誉为“中国无偿献血第一人”。

至此，李尚杰已献血 7.62 万毫升，按一个成年人全身血液量为 4000 至 5000 毫升计算，他已献出了相当于 17 个成年人全身血量的鲜血。

李尚杰的无偿献血始于 2000 年。这位“中国无偿献血第一人”笑言自己的第一次献血是“被迫的”。

原来，在那之前的很长时间，他就有无偿献血的打算，可在市血液中心门口转了好几个圈，也没敢进去。

原因说来很有趣：他怕打针，虽是堂堂七尺男儿，对医生手中明晃晃的针头竟也有一种畏惧，始终不敢以身试“针”。

2000 年 3 月 11 日，这天一大早，在泉城路的流动采血车里，李尚杰生平第一次无偿献出了 200 毫升鲜红的血液。

这次献血让李尚杰跨越了害怕打针的心理障碍，从此，他开始了有规律的献血，从献全血到捐献机采成分血，献血量也从每次 200 毫升上升为每次 400 毫升。

第二年，他又开始捐献机采血小板。一个治疗量的血小板相当于 800 毫升的全血，他坚持每个月捐献一个治疗量或两个治疗量。

捐献血小板可不是一个轻松的活计。它除了对捐献者的血液有相当严格的质量要求外，对捐献者的爱心也是一个考验。

每次捐献时，需用牙签粗细的针头扎入双臂的大血管中，在整个采集的两个多小时的过程中，捐献者一动也不能动。

采集一个治疗量的血小板，就要循环3000毫升的血液，也就是说全身的血液有一大半在体外循环了一遍。

李尚杰因工作很多时候出差在外，他就尽量调整时间，坚持每月一次的捐献，实在赶不回来，就到当地的血液中心去捐献。因此，在日照、莱芜、临沂等市都留下了他献的血。

2004年，一条“献血狂人”违法献血的新闻在全国闹得沸沸扬扬。

原来，成都有一位农民热心公益事业，6年献血41次（含献成分血），达1万毫升。有人提出质疑，说他献血过频，是违法行为。

李尚杰也遇到了一件让他为难的事。

一天，李尚杰接到济南市血液中心的电话，说一位病人急需输血，问他能不能来献血。

其实在5天前，李尚杰刚刚在山东省血液中心捐献了两个治疗量的血小板。

“仅仅相隔5天，身体能不能承受得住？要不要告诉他们?”

李尚杰犹豫起来，可电话里急切的语气让他无法再犹豫下去了。

他赶到血液中心，一辆救护车已经在楼下等候了，病人十万火急！

两个小时后，一袋新鲜的血小板采集成功，救护车带着这袋救命的鲜血呼啸而去。楼上的窗前，李尚杰用棉球摁着针眼，心中无限欣慰。

在一些人眼里，献血让李尚杰出名了，他上了报纸，作起了报告，成了全省的职业道德“十佳”。可李尚杰更看重无偿献血带给自己精神的充实和升华。

2002 年底一次献血时，李尚杰发现邻床是一个脸孔黑黑的小伙子，穿着一件过时的半旧上衣。

工作人员告诉他，他是一位农民工。

那一刻，李尚杰感到一种震撼，他想：这位农民工兄弟像沙漠里的一粒沙子，走在大街上不会有人多看他一眼，而他献完血之后，可能马上又要回到工地上挖沟推砖。

看到这位民工的行为，李尚杰不禁说：“这是一种什么境界！与他们相比，我的这点事实在不值一提。”

李尚杰认为，他最大的收获就是认识了一群这样的朋友，和他们在一起，他的心胸更开阔，他体会到了什么是人生真正的快乐。

李尚杰认为，人生有很多事，不是自己能说了算的，但是，也还有许多事，可以自己做主。能为别人做一点事，是一种幸福。他为自己定下的原则是：只要身体许可，就坚持献血。

李尚杰还在继续用热血谱写人生。

蔡振光传递生命的希望

2004 年 10 月，蔡振光作为宁波市无偿献血的先进代表，出席了国务院在人民大会堂举办的表彰大会。

蔡振光出生在浙江省象山县贤庠镇。推开家门，眼前就是碧波万顷的大海。晚上，常能听到海浪击打墙脚的声音。

蔡振光在海边出生成长，祖辈都是靠海吃海的渔民。先辈们勤劳勇敢，固守清贫，不可能为子孙留下什么，只是养成了大海般豪爽的个性，代代相传。

蔡振光成为宁波市的献血“状元”后，老家人分析其中的原因，认为是爷爷身上的基因遗传到了蔡振光的身上。

生产队的人知道蔡振光的爷爷不会计较得失，便把靠近海边的最差的土地分给他。海边的盐碱地不适宜种庄稼，但经过爷爷多年的辛勤改造，种下的棉花、西瓜、绿豆、番薯终于有了收成。

这时，别人看到又眼馋了，经常摘几个西瓜或者刨一篮番薯拿回去。每当有人拿着蔡振光的爷爷种出的果实回家，爷爷总是很开心的，似乎他辛勤劳作的成果，本来就不只是为了自己和家人享用。

另一件被村里老人经常挂在嘴边的事是，尽管本身家境并不殷实，并且已经有了 3 个子女，但看到村里有两个小孩无父无母、孤苦伶仃，爷爷还是自愿收养了他们，一直抚养他们长大成人。

良好的家庭熏陶，使蔡振光从小就表现出和善、大度、乐于助人的一面。

1979 年，蔡振光参军入伍，在舟山嵊泗列岛洛华山海军驻地度过了 4 年宝贵的光阴。

1996 年 5 月初的一天，蔡振光在宁波街头的一个宣传橱窗里，看到了几篇宣传无偿献血的科普文章。其中的内容，有两点深深地打动了他：一是血液没有其他的替代品，捐献血液能够救人一命；二是经常献血不仅于身体无害，甚至还有利于身体健康。

有这样的好事，为什么不尝试着去做做呢？因为从事的职业的关系，蔡振光经常能在第一时间看到触目惊心的工伤事故，有不小心被尖钉刺入脚底的，有被利器割伤的，有被东西砸伤的，最严重的是一脚落空从脚手架上摔下来的。

当他赶到时，工友们一般是大呼小叫地对出事者进行最初的处理，第一要务是止住喷涌而出的鲜血。

由于蔡振光为人和善，跟工友们关系好，与医生打交道也能把握好分寸，公司一般就安排他一起前往。

一路上，出事者的鲜血往往染红他的衣裳。有的工友就因为失血过多而永远地离开了人世。因此，血液对于生命的重要性，对蔡振光而言有更为深刻的体会。他想，能让自己体内奔涌的鲜血为他人带来生的希望，又于己无损，何乐而不为呢？

第二天，蔡振光就来到市中心血站，经检验合格，献出了200毫升鲜血。他没有向任何人说起这件事。献血后，身体也没有出现任何不良的反应，反而自我感觉良好。因为他做了自己认为值得的、想做的事，这一袋血也许就救了急需者的生命。

半年后，到了正常的献血间隔时间，蔡振光再次来到中心血站，这一次献了400毫升，感觉仍然不错。以后，他每隔半年就献一次，每次400毫升。直到1998年目睹的那件事，改变了蔡振光的献血方式。

那是一个搞建筑工程的朋友，因患酒精性肝炎，导致脾脏肥大，血小板大量减少。这样一来，凝血功能变得很差，刷牙时牙龈出血都会血流不止。本来切除脾脏是一个好方法，但要开刀，朋友又感到害怕了。

最后，医院通过输入血小板的方法，使朋友没动手术就恢复了健康。那次输血小板需用的1600元押金，还是蔡振光去垫付的。

当时，蔡振光不懂这方面的知识，向医生咨询后，才知道了血小板对于人体的重要性，同时得知除了献全血外，还可以献成分血，而且它的恢复周期比较短，只需28天，又和献全血一样可以救助他人。于是，从1999年开始，他改成了几乎每月献血一次，每次捐献10个单位的血小板。

蔡振光的工作是跟着施工队伍走，到了金华、上海等地，他也仍然坚持献血。每次接到各血站发来的感谢信，说他的血最近又用在哪些病人身上了，这是他最开心的事儿。

实际上，每次献血也等于为自己做一次健康检查。人有没有生病，直接就反映在血液之中，而不合格的血液，血站是不会采用的。

有一段时间，蔡振光因为下岗待业，人变得很胖，血液黏稠度变高，血站及时查出，这一次就没有采用。后来他注意饮食和生活习惯，血脂又回到了正常，整个人也轻松了许多。

10 多年来，蔡振光已献血 77 次（含献成分血），累计献血量 5. 66 万毫升。除了获国家、省、市的无偿献血金奖、之江杯奖、奉献奖外，2004 年 10 月，作为无偿献血的先进代表，他还出席了在人民大会堂举办的表彰大会。

对于献血的事，蔡振光一直没主动告诉家人，但他知道瞒肯定是瞒不住的。妻子第一个知道，因为他老带些雨衣、雨伞等无偿献血的宣传纪念品回家，在她的“逼问”下，蔡振光就道出了实情，并表达了自己想为社会做点事的愿望。

后来，父母是从电视新闻上看到蔡振光才得知的。妹妹是从报纸上看到了有关他的报道才知道的。他们都曾担心蔡振光的健康是否会受到损伤，但经过蔡振光的细心解释，他们才彻底放下心来。

2003 年，宁波市首次进行造血干细胞采集，蔡振光是 245 位志愿者中第一批将造血干细胞样本送入中华骨髓库的。

2004 年，蔡振光在报纸上看到这样一则报道：

> 现在，全世界共有 800 万例骨髓供体资料，其中美国骨髓资料库最为完备，共有 500 多万例。每月，美国国家骨髓项目向美国本土提供 150 份造血干细胞，因此，美国白血病患者中有 80% 可以找到吻合的供体配型成功。
>
> 而我国的造血干细胞捐献者资料库，即中华骨髓库，只有 10 万份供体，所以配对很少成功。我国每年新增 4 万名白血病患者，浙江省新增约 5000 人，其中青少年约有 2000 人。

因为骨髓供体缺乏造成的人间悲剧，几乎天天都在发生。为此，蔡振光感到很痛心。

蔡振光咨询过专家：可以献血到 60 多岁，或者可以献血到 100 次以上。蔡振光以此为目标，做最好的自己。

生命是可贵的，无偿献血就是将自己对于生命的希望传递给他人。任何时候进行无偿献血，都是一项高尚之举。

高永华献血行程数万里

2005 年 12 月的一个上午，广州血液中心来了一个人。这个人，黝黑的皮肤，花白的胡子，声若洪钟，精神矍铄，头戴遮阳帽，脚穿绿色胶鞋。

一身普普通通的装扮，肩上披着写有“捐献骨髓，关爱生命”的大红绶带，这位 62 岁的老人就是“中国献血大王”高永华，福建省福州市郊的一位农民。

一辆历经坎坷的自行车，车筐前挂着一张他身披大红绶带、雄赳赳气昂昂的照片和“福州—乌鲁木齐”的字样。

当见到熟识的医务人员时，他兴奋地说：“我又来了！”

这是他第二次来广州了，在 1999 年，他也是骑着单车来广州宣传无偿献血的。

高永华的另一站是天河献血站，就在广州最繁华的天河北商业圈内。人人都步履匆匆，没空多看这位老人一眼。

高永华一点也不担心冷场，稳稳地把自行车靠在墙边，不紧不慢地掏出他的“法宝”。当那 58 本红彤彤的献血证一拿出来，高永华和他周围两平方米的范围内似乎都笼罩着红色的光芒。

人们一下子聚拢过来，指着高永华走遍神州的照片，啧啧赞叹。

“哇，献了这么多血，身体吃得消吗？”有人小声问。

“我能骑车几万公里呢！”老人答道。

有人不相信一个老人能单骑万里，便提出质疑。

高永华把自行车上那捆不起眼的东西打开：换洗衣服、日常药品、干粮、打气筒，还有整套修车工具……他把安全帽一翻过来，水壶的水一倒，立刻就变成可检可修的“修车摊”了。面对人们的问题，高永华有问必答，妙语连珠，神采飞扬。

在高永华50岁那年，因为城市扩容、土地征用，他结束了面朝黄土背朝天的农民生活，成了靠收房租就可以过上富裕生活的“休闲农民”。

但是，离开了土地的高永华怎么也无法适应，一定要做点什么事的念头，一直萦绕在高永华的脑海里。

1995年，一次偶然的机会，高永华看到了一篇题为《热血挽救生命》的文章。他眼前一亮：“对啊，我没有文化，没有别的本事，可我有健康的血液啊！”

这年5月，高永华来到福州市血液中心，开始了人生中第一次献血，自此再未间断。一开始，高永华只是想献血救人。让他意想不到的是，献血两年下来，自己的身体状况也大为改善。老伴见他身体没受影响反而更好了，也就不再说什么。

1997年7月1日，是香港回归的日子，高永华产生了用宣传无偿献血庆祝香港回归的想法。

在福州红十字会的支持下，高永华拉开了“千里单骑无偿献血迎接香港回归”的序幕。

高永华一路宣传一路献血，从福州经厦门、深圳，到香港……一路上，高永华走街串巷，手持喇叭，大声宣传。

由于他是农民，特别有亲和力，很多看热闹的人、犹豫不决的人在他的感召下，都走上了采血车。

高永华深受鼓舞，觉得应该把这好事坚持下去，单骑“千里行”就延伸成了“万里行”。

一路上有过多少艰辛？

10 年间，高永华行程 7.5 万公里，走过中国 34 个省、自治区、直辖市，经过了 2000 多个市县，换了 7 辆自行车，磨破了 40 多双胶鞋，无偿献血 85 次（含献成分血），共 5.11 万毫升，相当于全身换血 12 次还多。

虽然一路上小心谨慎，但是，他仍几次与死神擦肩而过：在赴西藏的路上，他碰到过塌方和泥石流，几乎陷入绝境；在新疆吐鲁番的公路上，车坏了，他在 40 多摄氏度的高温下修好车涉险通过；三天四夜穿过有“死亡之海”之称的塔克拉玛干大沙漠……

路上最难熬的是寂寞，高永华排遣的方式就是放声歌唱。一路上，他现身说法向群众宣传无偿献血，同时自己不断献血，目前他已拥有各地献血证 58 本。

2004 年 10 月，高永华在北京人民大会堂被授予“中国无偿献血奉献奖”金奖，堪称“全国无偿献血第一人”。

生命不息、奉献不止的高永华成了名人。

面对如潮的赞誉，他说：“我不是什么献血冠军、献血大王，我真正想做的就是献血有益健康，把自己的亲身经历告诉大家。”

高永华很乐意接受媒体采访，面对被人说“炒作自己”“作秀”的质疑，他说：“以前我并不愿意接受媒体采访，认为这是小事不值得宣扬。后来，我觉得一个人的力量太单薄，借助新闻媒体，才能有更大的影响力，才能带动更多的人。”

高永华说，他会一直把无偿献血宣传下去，他还准备学习英语，到国外去宣传无偿献血。如今，他会说一些简单的英语句子了。如果有一天骑不动车了怎么办？“我可以学习电脑，在网络上继续宣传无偿献血！”他说。

高永华说他有 4 个年龄：一个是生理年龄，66 岁；一个是健康年龄，45 岁；一个是爱心年龄，10 岁；一个是永恒的年龄，这就是通过无偿献血和死后捐赠遗体，将爱心永留人间。

高永华说这 10 年来，他简直脱胎换骨了，接触的都是专家记者，每个人都是他的老师，再者行万里路、读万卷书，这是以前种菜时想也不敢想的。

但是，高永华并没有偏离出发时那本分的想法：回报社会，实实在在地献血，现身说法地宣传。

高永华说，从1995年5月31日，他在家乡福建第一次无偿献血起，此后每隔一段时间，他就跑去无偿献血。全国每个省市的血库里都流淌过他的血。其中，在香港献血5次，在台湾他不仅无偿献血，还获得了志愿捐献器官证书。此外，他还自费到印尼、马来西亚等东南亚国家无偿献血。

高永华希望通过他的宣传，使越来越多的人走到无偿献血的行列中来，让需要的每一个人都得到帮助，这就是他真正的快乐！

“献血大王”参加马拉松赛

2005年10月16日，在温州市几乎家喻户晓的“公益人物”、被尊称为“献血大王”的42岁的胡富有，又出现在北京国际马拉松赛上。这是他第七次参加国际马拉松赛。

10月16日早上，胡富有和数万名运动员一起，从天安门广场前出发，开始了自己新一次的马拉松赛程。

早在2001年，胡富有就开始了自己的马拉松之旅，并成为参加北京国际马拉松赛的第一位温州人。在5年中，他共参加了5次北京国际马拉松赛、1次杭州国际马拉松赛和1次厦门国际马拉松赛。

在这次赛前，胡富有准备了很多资料，内容是有关媒体对自己的报道，他想以此表明，献血无害人体健康。

在比赛过程中，胡富有边跑边发这些资料，原本想成绩可能会比前一年要差些，但是，在跑完全程后，反而比前一年跑得快了。

大赛组委会发给胡富有的证书上写明，2005年他完成全程用了3小时50分29秒，而2004年是3小时54分43秒，快了4分14秒。与2003年相比，则快了1个小时。

通过参加这些马拉松比赛，胡富有体会到生命的意义在于奉献，也在于运动。

胡富有从小就养成了晨跑的习惯。1992 年 5 月的一天早晨，胡富有跑到温州中山公园门口时，碰到一群“白大褂”在宣传无偿献血。

当时，胡富有就想，这是好事情，今天献血为他人，说不定哪天自己或家人就得用上别人捐献的血。于是，第二天，胡富有就去了温州市中心血站献血，这是他第一次献血。

同年 8 月，一场台风过后，温州各大医院均出现了用血紧张状况。胡富有从电视上看到了这个消息后，主动找到温州市中心血站，要求无偿献血。

献血前听人说，献血对身体不好，但是，通过两次献血的亲身经历，胡富有感觉自己的身体并没有任何的异样。并且两次献血的第二天，他照样坚持参加了晨跑，也没有感到不适。于是，从 1993 年以来，一年参加两次无偿献血成了他雷打不动的事情。

2005 年是胡富有参加无偿献血的第 14 个年头，14 年来，他共献血 28 次，总量 6000 毫升，名列温州之首。

胡富有个子不高，只有 1.55 米，身体不重，只有 50 公斤，算是个“小男人”。有很多人向他表示钦佩，说看不出他这小身板“容量”够大的。其实，胡富有自己也挺自豪，他是 O 型万能输血者，他这 6000 毫升血肯定派上了大用场。

2000 年 9 月，胡富有在北京人民大会堂受到了卫生部和中国红十字会总会的表彰，获得全国无偿献血金杯奖。

尽管他的名字叫胡富有，但他并不富有，下岗多年才找到一家单位务工，一家人月收入仅1000多元。

一次，为灾区捐款，工作人员见胡富有也来了，他知道胡富有生活不宽裕，就劝他不要捐了。

胡富有摸出50元钱，对工作人员说："钱是少了一些，但这是我的心意。尽管我不富有，但我身体好，有工作，有房子住，有饭吃，我的条件比灾区的群众好得多。"

一次，胡富有受上海锐力体育用品有限公司的邀请，为该公司的员工连续作了3场有关无偿献血的报告。公司非常热情，事后一定要支付给他一笔演讲费。胡富有在结束了上海的报告会后，特地赶到杭州，将演讲费全部捐给了省红十字会。

救助白血病患者、只身前往湖州慰问海空卫士王伟的父母、参与筹建温州慈善总会、报名捐献骨髓……这些年，胡富有凭着良心和责任，在做一些自己认为值得去做或应该去做的事情，他无怨无悔。

陈虎多年坚持义务献血

2006年，陈虎荣获广东省无偿献血金奖，他也是梅州市获献血金奖的唯一得主，被大家称为“梅州市献血第一人”。

同年，梅州市红十字会授予陈虎“梅州市捐赠造血干细胞第一人”的荣誉证书。

在广东省造血干细胞资料分库的捐献记载中，陈虎在全省排第五十九位，也是广东省当年的第十九位成功捐献者。

1981年，陈虎出生在一个普通的农民家庭。他20岁那年，北京申办奥运会成功。于是，陈虎骑自行车上北京，享受申奥成功的喜悦。

在天安门广场，陈虎第一次见到采血车。首都人民自觉献血的热情，使他第一次萌生了献血的念头，他要在梅州山城带头献血。

回来后，陈虎就主动参加了梅州城区的无偿献血。一次、两次、三次……献血后没有任何不适。他想：献血既能救人，又无碍健康，又能检查自己的身体，这样一举多得的好事何乐而不为呢？

于是，陈虎一次又一次献血。为了体验献血对体能的影响，有一次，陈虎在献了400毫升血后的第二天，骑自行车到100多公里外的大埔县外婆家去。测试的结果是对体能没有影响，这更坚定了他献血的信心。

几年来，他共20次参加献血，献血总量达1.356万毫升。

参加献血后，陈虎成为无偿献血的义务宣传员。在梅州市“五八”世界红十字日、“六一四”献血者日等大型献血宣传活动中，他都到现场积极参与。

陈虎在自己店铺的四周，贴满了献血宣传资料。到血站献血后，他总要带回一批宣传资料，遇到群众询问献血的事，他便热情地介绍个不停。他实实在在的语言，憨厚可信的态度让人肃然起敬。

只要有人要陈虎作陪去献血，他都会放下手中的活，骑车载他们去采血点。

陈虎已动员20多人参加无偿献血。原来对其献血持反对意见的母亲、哥哥也走进了献血队伍，如今，他母亲、哥哥均已献过4次血了。

因为长期参加无偿献血，陈虎学到了不少血液知识。他知道，全国每年有很多白血病人需要做骨髓移植治疗，但我国捐赠造血干细胞的志愿者不多，远远不能满足临床治疗的需要，满怀博爱之情的陈虎作出了捐献造血干细胞的决定。

2004年，广东省造血干细胞资料库还没有建立，他打听到全省只有深圳市有这一机构。于是，他自费乘车到深圳市中心血站，先是献血400毫升，接着到中华骨髓基因库深圳分库报名争当捐赠造血干细胞志愿者。

2006年3月30日，陈虎接到通知，他的血样与一位病人的吻合，需再抽血作高分辨检测。他兴高采烈。有人问他："为什么那样高兴?"他说："那是中大奖的机率啊！有那么容易吗?"

陈虎的血样被送到北京血液中心作高分辨检测，结果与病人完全吻合，他恨不得马上去捐献。然而好事多磨，由于病人病情的变化，治疗时间一直定不下来。

两个月后，陈虎在家等急了，他打电话到广州造血干细胞资料库询问，什么时候才能献上他的造血干细胞?是不是病人不需要了?得到病人仍需要造血干细胞的肯定答复后，他才耐心地等待那一天。

那一天终于到了，病人治疗日期定在11月上旬。11月2日，陈虎住进广州军区总医院做献干细胞前的准备。

11月7日上午，医院抽取了1.2万毫升循环血进行分离，获得189毫升治疗用干细胞；第二天，又是1万毫升循环血的处理，提取了154毫升干细胞。

陈虎的造血干细胞输进了白血病人高某的体内。这一刻，受白血病折磨7年的病人高先生脸上露出了笑容。

陈虎多年来坚持义务献血，坚持做义务献血宣传者，堪称"梅州市献血第一人"。他成为梅州市捐献造血干细胞的第一人。他用一个平民百姓的义举，诠释着人类最崇高的博爱情怀。

全国大量涌现无偿献血者

在山东省血液中心，有一位无偿献血宣传员刘苏，10多年来，她累计献血6万多毫升。

2006年6月14日，这位时年52岁的全国无偿献血女子冠军说："我现在最大的心愿就是保持身体健康，做一个光荣的超龄献血者。"

刘苏的首次献血源于同事的一次意外。

1977年，刘苏单位的一位女同事因病大量出血，面临生命危险，急需补充血液。同是B型血的刘苏毫不犹豫地献出了200毫升血液。"当时我们就并排躺着，眼看着同事的嘴唇由白转红，自己真的很高兴。"回想起第一次献血，刘苏记忆犹新。

1994年，刘苏正式开始无偿献血。当时，她偶然看到《山东红十字报》的一篇报道说，济南临床用血紧张。刘苏就一路打听着找到了当时的山东血站，无偿捐献了200毫升血液。此后，刘苏从未中断过无偿献血。

2006年度江西省无偿献血量最多的人是戴玉燕，她从小身体就不好，经常要打针、吃药，每次打针都让她感到害怕。

有一次，一个年轻护士因为技术不熟练，针头扎了几次都没找准位置，把戴玉燕痛得直哆嗦。从那以后，她便对针头有了一种莫名的恐惧感。

2005年6月14日，是“世界献血者日”，戴玉燕的好友把她带到无偿献血屋，希望她也能加入无偿献血的队伍。

戴玉燕当时十分犹豫，但看到许多市民踊跃献血，她最终伸出了自己的胳膊。为了控制紧张的情绪，戴玉燕没有看针头。可是，献完血5分钟后，她忽然晕倒了，这吓坏了所有人。原来，出了献血屋的戴玉燕，一抬手感觉到微微疼痛时便联想到了打针的经历而晕倒了。

那天，戴玉燕通过资料了解了献血救人的重要性，之后她暗下决心要克服晕针的毛病。

2006年1月17日，戴玉燕得知省血液中心急缺机采血小板后，立即捐献了两个治疗量的机采血小板。帮助到一个又一个生命垂危的患者，戴玉燕献血的决心越来越坚定。

据统计，戴玉燕2006年捐献机采血小板达到11次22个治疗量。国家《献血法》规定：捐献机采血小板间隔期为一个月，捐献一个治疗量的机采血小板按全血800毫升计算无偿献血量。戴玉燕一年内无偿献血1.76万毫升，成为2006年度全省无偿献血量最多的人。

2006年，50岁的哈尔滨市民徐金源，在6年时间里，无偿献血量累积达到30升，不知救治了多少生命垂危急需输血的人。

2000年春节，徐金源头一次参加单位组织的自愿无偿献血活动。

半年后，徐金源特意乘车找到了街头无偿献血车，第二次献了 400 毫升血。此后，每隔半年徐金源就到血站或街头的采血点献血，每次献血量都是 400 毫升。

到 2003 年 6 月，徐金源无偿献血量达到 4500 毫升。一个偶然的机会，徐金源看电视时得知，血液中的血小板不但能及时抢救失血过多的患者，对血液病患者也有显著疗效。

随后，徐金源来到市中心血站了解如何捐献血小板。

市中心血站的工作人员告诉他，捐献血小板是以治疗量为单位的，一个治疗量的血小板，相当于献 800 毫升的血；与献血不同的是，捐献血小板每个月可以进行一次。老徐听后二话没说，他立即提出先献两个治疗量的血小板。

哈尔滨市血源管理办公室主任张群成介绍，正常人身上的血量在 4 升至 5 升之间，徐金源献出的血是他全身血量的 6 倍多，以他当前的无偿献血量来看，在黑龙江省是最多的，就是在全国其他省会城市也不多见。

据单位领导介绍，徐金源不但在生活上是个喜欢奉献的人，在工作上也勤勤恳恳，2001 年、2002 年他连续被评为厂劳动模范，2003 年被评为厂先进工作者。

2004 年，在国家卫生部、中国红十字会总会和中国人民解放军总后勤部卫生部组织的全国无偿献血表彰大会上，徐金源被评为“全国无偿献血奉献奖”银奖。他也是哈尔滨市第一个获得此奖的人。

在内蒙古包头市，有这样一家人，父亲张福来、母亲杨翠英、儿子张哲、女儿张洁。

从2002年开始，在4年的时间里，全家累计无偿献血53次，共计1.06万毫升。

2002年6月26日，国际禁毒日，张福来和杨翠英老两口去看禁毒展，无意中在昆区邮电大厦看到献血车，而且写着急缺B型血。

夫妻俩上去一验血，都是B型血，于是马上每人献了200毫升。回家之后，夫妻俩又动员女儿去献血，女儿张洁二话没说，第三天就去献了200毫升。

随后，儿子张哲从西安上完大学回到包头，也加入无偿献血的行列中。其实，早在上大学时，张哲就在学校组织的活动中献过血，当时还怕父母反对，没敢和家里人讲。

巧合的是，张福来一家4口都是B型血。

当张福来和妻子杨翠英遗憾自己已经53岁，再过两年到55岁按照规定就不能献血时，儿子、女儿就宽慰他们："放心，我们会替你们多献点，我们俩离55岁还早呢!"

张福来一家多年无偿献血的事，没有主动和周围任何人讲，在他们看来，献出自己的一点血就可以挽救别人的生命，自己身上就有着义不容辞的责任。如果大家都主动去献血，就不会有血站用血告急的事情，该抢救的生命也就会得到及时有效的救治。

就是这样单纯无私的一种想法，让他们默默奉献着自己的爱心。

在南昌市，有一名农村妇女罗细妹，连续 8 年义务献血，成为江西省义务献血最多的人。

罗细妹是南昌市青山湖区塘山镇涂黄村村民。长期以来，她靠为一些单位或家庭做清洁工和家政服务的微薄收入生活。

因为家庭生活贫困，她早年还曾到血站去卖血维持生计。也正是这一经历使她知道了自己的血型是血液中心非常紧缺的血型。

1998 年 5 月 12 日，在江西的一家血液中心做清洁工的罗细妹，看到一名危重病人的家属到血液中心找这种紧缺型血，而血库里没有，病人家属急得痛哭。

于是，罗细妹便立即无偿为病人献出了 400 毫升血液。从此，她开始了 8 年无偿献血的历程。

8 年来，罗细妹已累计无偿献血 1.3 万多毫升，成为江西省义务献血最多的人。由于她的血型是紧缺的血型，因此，她常常被血液中心在深夜里叫去为一些危重病人献血。

两本义务献血证记录了罗细妹 8 年无偿献血的过程，在这些记录中，有很大一部分是为紧急抢救危重病人写下的。罗细妹说：“自己生活苦一点不要紧，能救治病人就好。”

一个在贫困中艰难生活的农妇，用自己的鲜血挽救病人并感动了社会。

罗细妹的事迹在社会上传开后，不少人为一个普通农村妇女的精神境界而感动。

2007 年 1 月，绍兴市的丁学钧，获得了无偿捐献机采血小板四星级志愿者称号，成为名副其实的献血“状元”。

在绍兴市，丁学钧是捐献机采血小板最多的人。8 年来，他累计献血 2. 14 万毫升，捐献机采血小板达 31 次，被授予浙江省无偿献血之江杯奖等荣誉称号。

丁学钧从 1998 年开始献血，2001 年 8 月开始无偿捐献机采血小板。这几年来他几乎每年无偿捐献血小板 10 次。

丁学钧曾经是位司机，因为工作的关系经常在路上跑，目睹了许多交通事故。当看见一些人因缺少血液而失去宝贵的生命时，他深深地为之痛心。他说，正是这些所见所闻才使他萌发了献血的念头。

绍兴电视台曾经播放的一则宣传献血的小品，更让丁学钧坚定了做个无偿献血志愿者的信心。他说：“小品里的那个老太太都要做个无偿献血志愿者，我们年轻人身强力壮，献血有什么可顾虑的。老太太的精神一直激励着我。”

医院的临床用血有很大的机动性，当碰见血液告急时，丁学钧总是最积极的。只要血站一个电话，不管是献血、机采血小板还是开展宣传活动，他都会随叫随到。

这是血站工作人员对他的评价。对此，丁学钧很坦然，他认为献血是他能做到的回报社会的方式。

一开始，家人对丁学钧偷偷献血的举动不理解，都表示反对，丁学钧就慢慢做家人的思想工作。后来，家人由不理解转为积极支持。

在丁学钧所在的公司，许多员工在他的鼓励下，也参加了献血或捐献血小板活动。他希望鼓励更多的人参与无偿献血。

2007 年，丁学钧向广大农村居民发出了一份倡议书，希望他们能理解无偿献血，加入无偿献血和捐献血小板的行列。

其实，很多人作出第一次献血的决定或许是困难的，但只要勇敢地迈出第一步，就会发现，这不仅是力所能及的善举，更是一种获得人生价值、享受奉献生命的美好经历。

刘筱杰坚持无偿献血十年

2007年6月12日，对海南“献血英雄”刘筱杰来说是个特别的日子。

10年前的6月12日，是刘筱杰第一次无偿献血的日子。

10年过去了，刘筱杰成为海南的献血“冠军”。10年来，刘筱杰无偿献血累计量达7.3万毫升（含献成分血），相当于将自己体内的血液更换了15次。

正常人体的总血量约占体重的8%，60公斤左右的成年人体内约有血液4800毫升。刘筱杰捐献的7.3万毫升血液，相当于将自己体内的血液更换了15次；临床用血每200毫升就能救助一名患者，刘筱杰捐献的血液，足以帮助300多名患者脱离生命危险。

刘筱杰是海南省琼海市长坡镇人。

1997年6月12日，刘筱杰开始第一次无偿献血。

当时，海南无偿献血的宣传工作刚开展，各医院经常闹“血荒”。刘筱杰听说献血对自身不会有伤害，又能给病患带来生的希望，便勇敢地踏上了献血车。

从那以后，献血就成了刘筱杰生活中很平常的一件事。他最多一年献了10次血（成分血可每个月一次，全血每半年一次）。碰到“血荒”时，收到血站的“急电”

后，不管是节假日或者是三更半夜，他都会赶去献血。

10 年来，刘筱杰不仅无偿献血，他还占用自己大量的时间进行无偿献血的宣传。

刘筱杰的行动感染了周围的人，父母从开始担心、反对到后来全力支持，哥哥、姐夫以及周围的很多朋友也加入到了无偿献血的行列中。

“每当想到自己的血液能使危重病人延续生命，能让更多的病患早日摆脱疾病的折磨恢复健康，就觉得自己很高兴、很幸福。无论遇到什么困难，我都会将无偿献血进行到底。”刘筱杰说。

刘筱杰说：“每年献这么多血，自己身体一直都很好。相对无偿献血事业来说，奉献这点血是微不足道的，需要更多的人参与进来。”

刘筱杰说，一个人的力量是有限的，所以当遇到“血荒”时，他和其他的“血友”会到网上发帖，呼吁网友积极去献血。他还和其他无偿献血者组成了一支献血队伍，定期开展公益性的活动。

2005 年 10 月，刘筱杰被授予全国无偿献血促进奖。他是海南省迄今为止献血量最多的人，也是海南省目前唯一获得此奖的个人。

杨顺德徒步宣传无偿献血

2007年4月20日中午，一位农民手持喇叭，身挑两个旅行袋，旅行袋上挂着一块正反面分别写有“走神州万里、倡导无偿献血”和“我献血我快乐”的爱心公益宣传牌，在曲靖市珠江源广场上，与曲靖市中心血站的工作人员一道，向过往的市民宣传无偿献血。

这个人就是被誉为“中国农民徒步神州宣传无偿献血第一人”“献血大王”的四川农民杨顺德。

杨顺德是四川遂宁人。2001年4月，他从四川老家出发，开始徒步行走全国，义务宣传无偿献血。2007年4月19日，他进入云南的第一个城市曲靖市，这是他走过的第491个县级以上城市。

时年53岁的杨顺德当过兵，在部队里做过卫生员，懂得一些卫生常识。

1978年，杨顺德退伍回到家乡，他本想在家安心务农，可一件小事触动了他，也改变了他的一生。

那是1992年的一天，他到乡卫生院去看病，刚挂完号，忽然听到一阵撕心裂肺的哭喊声从手术室里传来。

原来是邻村一位年轻的农民因开山炸石，不慎炸断了双腿，在抢救过程中因为血源不足而死在了手术台上。

杨顺德心里很不是滋味，仅仅是因为血源不足，就断送了一个年轻的生命！乡亲的死深深地触动了他：如果医院有充足的血源，这样的悲剧就不会发生。

杨顺德认为，医院血源不足，这与人们对献血的观念有关，只要努力宣传，人们的观念就会慢慢转变，献血的队伍就会逐步扩大。由此，杨顺德从内心里萌发了义务宣传无偿献血的念头。

还有一次，杨顺德干完农活后在收音机里无意中听到一个可怕的事实：相当一部分患有各种疾病的人未经严格检验就混入职业卖血者的行列，致使不少的病人在输血过程中染上其他疾病。

听到这里，杨顺德终于作出了一个连他自己都有些怀疑的决定：徒步全国义务宣传无偿献血，让更多的人了解并参与无偿献血。

可身为一个农民，哪来的钱实现自己的梦想呢？经考虑，他决定外出打工，挣钱宣传无偿献血。

1996 年，杨顺德来到乌鲁木齐市打工。同年，他为工友献了 400 毫升鲜血，使挣扎在生死线上的工友转危为安。

这是他第一次献血，献血后自己感觉特别好，于是更坚定了徒步走遍全国宣传无偿献血的决心。

从 2001 年 4 月起，杨顺德怀揣打工挣得的近 3 万元钱，像往常一样，他以打工为由瞒着家人，踏上了徒步宣传无偿献血的征程。

在这 6 年中，他历尽艰辛，为节约开支，他总是寻找最便宜的旅馆住宿，总是以馒头咸菜充饥。

杨顺德讲：“这几年下来，我打工挣来的钱基本花光了。这些钱主要用在印制宣传资料和路上的食宿开支，现已走过全国490多个县级以上城市，穿坏了38双军用鞋，挑坏了好几根扁担，宣传牌也重新制作了好几回。”

但是，他无怨无悔，因为他实现了一个人生的愿望，走遍全国各地，弘扬红军长征精神，向人们传递了一种新型的健康科普知识，传递了一颗爱心。

杨顺德说：“宣传无偿献血，我要一直走下去，直到走不动为止。”

杨顺德在徒步宣传过程中，每到一个城市，只要献血间隔期一到，他总要献血，现已累计献血1.8万毫升，相当于将全身的血液换了3遍。

虽已53岁，但他面色红润，精神抖擞，在宣传过程中他告诉大家：“适量献血不仅对身体没有危害，还能促进身体健康。我献血，我快乐。”

他认为，自己的行动对已献过血的人是一种鼓励，对没有献过血的人会有启发。他希望有更多的人加入无偿献血的行列，让世界充满爱，让血库不再缺血。

2007年3月24日，杨顺德第四次从老家出发，进入贵州，4月19日抵达曲靖。

在曲靖市中心血站的关心支持下，4月20日杨顺德走上了曲靖市珠江源广场及大街小巷，身挑宣传牌，手持喇叭，用熟练的语言向行人演讲。

在曲靖4天的时间里，杨顺德除在曲靖城进行宣传外，还到沾益县城进行宣传，共计徒步50余公里，发出宣传资料300多份。

杨顺德坚定地表示："我的信念不会动摇，我的脚步不会停歇。我今年还要用我的脚步走进西藏，到新疆、青海，用我的亲身经历来证明献血无损身体健康，预计在2010年前走遍全中国。"

到2008年12月30日，杨顺德徒步神州倡导宣传无偿献血，历时已7年，走过了590多个县级以上城市。

杨顺德每到一地不但宣传献血，他还一路献血，到目前为止，已拥有全国各地献血证36本，献血总量达到2.64万毫升，并带动了数千人自愿献血。

为此，他获得了四川省卫生厅、红十字会等部门联合颁发的2001—2004年度无偿献血金奖和无偿献血促进奖双奖，被称为"中国农民徒步神州宣传无偿献血第一人"及"献血大王"。

乐宝菊获无偿献血特别奖

2009年6月13日上午，在上海城市规划展示馆召开2009年第六个“世界献血者日”庆典暨2006—2007年度上海市无偿献血表彰大会。

在会上，乐宝菊等14人被授予无偿献血特别促进奖荣誉称号。至此，乐宝菊已先后两次获得全国无偿献血金奖，两次获得上海市无偿献血白玉兰奖，一次获得无偿献血特别促进奖荣誉称号。

在会上，性格开朗、活泼的乐宝菊，看上去只有40多岁，让人不敢相信眼前的她已56岁。乐宝菊笑着说：“献血能促进新陈代谢，这也许是我显得年轻的一个秘密吧!”

乐宝菊是上海市一名普普通通的居民，一家4口人。2000年时，乐宝菊因所在的纺织厂效益不好下了岗，她丈夫也是下岗工人，全家每月的收入不到2000元。这笔钱除了供一家4口穿衣吃饭开销外，还要供女儿读书，替残疾儿子和丈夫看病。

有的好心人看到家境不好的乐宝菊，就劝她既然去献血，还不如去卖血，这样还可以缓解家庭经济困难，一举两得。

乐宝菊说：“义务献血是我对国家和党的回报。卖血这样的事，我绝对不会去做的，永远也不会。”

12 年来，乐宝菊无偿献血 4.8 万毫升，没拿过一分钱。就连属于献血范围内的街道慰问金，乐宝菊也不要，她说：“自己既然是‘无偿’，就要‘无偿’到底。”

乐宝菊的举动在很多人看来不能理解，大家都说她傻。但乐宝菊自有一套说法：平日里街道、居委会，还有社会上好心人对她家都很照顾，过年过节还上门看望，所以，她要用自己独特的方式来感恩回报社会。

乐宝菊所谓的“独特方式”有两种，一是把女儿培养成对社会有用之才，这是长远计划；二就是无偿献血。她说：“每一次挽起袖子无偿献血时，我的眼前就浮现出那些需要血的孩子和老人们。今天或许又能救一个人了，这种感觉真的很美妙！”

乐宝菊收藏着最早的一本封面上印有毛主席头像的无偿献血志愿者证书，对它十分珍惜。

这本证书是 1976 年 6 月 17 日，乐宝菊生平第一次无偿献血后获得的。当时 20 出头的乐宝菊，响应单位的号召，毫不犹豫地加入无偿献血的队伍，一抽就是 400 毫升。

那次以后，由于单位没再组织献血，乐宝菊也一直与献血无关。直到 1997 年，乐宝菊看到静安公园门前停着一辆献血车，一时忆起 20 多年前的往事，就和朋友一起上车无偿献血。

在为乐宝菊采血时，爱心献血车上的医生向乐宝菊介绍了献血的种种好处，还鼓励乐宝菊参加为无偿献血者们组织的活动。

乐宝菊抱着试试看的想法，参加了一次无偿献血者的联欢活动，认识了许多常年无偿献血的朋友，获知了许多和无偿献血有关的感人故事。乐宝菊感动了，她决定加入无偿献血者的队伍。

2003 年 2 月，乐宝菊听说上海市成分血紧缺，就主动要求加入献成分血（捐献血小板）的队伍。

献成分血和一般的献血不同，每献一次成分血，必须从人体中抽出 3000 毫升至 4000 毫升的血液，通过专业机器，对血液进行分离，提炼出所需要的成分，然后再返回到人体中。这对于已近 50 岁的乐宝菊而言，确实是一种挑战。

每次献完成分血，乐宝菊都是又激动又高兴：我的成分血能帮上那些白血病孩子啦！

因为怕丈夫担心，乐宝菊从来不把无偿献血的事情挂在嘴边。每次献血回家，她依旧操持家务，打理一切。直到 2008 年，丈夫才知道妻子已默默地无偿献血多年。

除了自己定期无偿献血外，乐宝菊还动员周围一切有能力献血的亲属和朋友，一同加入无偿献血的行列。家中的女儿和侄女是她首先动员的对象，两个女孩子一开始心里不愿意，但很快被乐宝菊“回报社会、服务社会”的说法感动。乐宝菊的女儿 18 岁就自愿加入献血的人群。儿子身体一直不好，有残疾，但血是好的，在母亲乐宝菊的影响下，他的无偿献血量也累计达到了 4200 毫升。

乐宝菊在退休后，就主动到长宁区爱心献血屋当起了无偿献血志愿宣传服务者，她每年都要招募 110 多人参加无偿献血，其中有在校大学生、外来务工者、医生护士等等，他们既是固定的无偿献血者，又是固定的无偿献血宣传员。

2009 年 4 月，已过 55 周岁的乐宝菊超过了无偿献血的年龄，但她还是说服了医务人员，并写下一份保证，献上了自己的爱心。

乐宝菊说：“至少可以证明我的血是安全的、身体是健康的！”只要身体允许，她还会一直把无偿献血继续下去，不但自己献，还要鼓励别人一起献。

江西一人摔伤八方救援

2009年2月16日晚，江西省血液中心工作人员接到医院的紧急求救电话：“A型Rh阴性血有多少？病人急需！”

原来，在这天下午，南昌市南昌县广福乡沙港村58岁的村民范自辉，独自一个人在三层高的楼顶上做泥工盖瓦时，不慎摔到了二楼厨房顶上，当时血流不止，不省人事。随后，他被送到南昌大学第四附属医院急救。

电话就是命令，江西省血液中心值班工作人员立即从血库里调出1600毫升A型Rh阴性血和3000毫升血浆，派出专车紧急送往医院。

就在以为送去的血液可以满足手术用血时，2月17日，江西省血液中心再次接到了医院紧急约血电话。

原来，范自辉左大腿开放性粉碎性骨折，手术需要大量用血，至少还需近2000毫升。据主治医生介绍，范自辉在手术室待了整整27个小时后，还处于半休克状态，血压不稳，随时有生命危险，有血就有命。

于是，江西省血液中心迅即联系在档A型稀有血型献血者，专门安排4名工作人员开着专车到献血者所在的地方采集血液，共采集到2100毫升A型Rh阴性血和2个治疗量的血小板。经过检测合格后，救命血陆续送往医院。

由于伤势严重，范自辉随时有需要输血的可能，江西省血液中心库存备应急之用的A型Rh阴性血全部用完，而且能立即参与献血的在档献血者人数有限，情形十分严峻。

江西省血液中心与南昌大学第四附属医院、患者家属联系，将此事通知了各大媒体。得知此事后，各大媒体立即展开了报道，江西二套、江西五套、《信息日报》、《南昌晚报》、《江西日报》先后连续三天追踪报道，报道引起了社会各界高度关注，江西省血液中心献血热线不断，人们拥向该中心街头献血点验血，希望自己的血液能救助这位受伤的老人。

“我老家是湖北宜昌，这是我第四次献血了。”躺在江西省血液中心献血床上的余雅婕讲道，她是南昌大学医学院一名大四的学生，正在南昌大学二附院实习，得知消息后，发现伤者血型与自己的刚好相符，于是她主动找到江西省血液中心要求献血，这次她一次性献了400毫升血。

据余雅婕介绍说，她父母一直都反对她去献血，但她知道自己的血液是特殊资源，只有稀有血型者互帮互助才能确保日后用血安全，所以她还是定期参与献血。

除了联系媒体报道，江西省血液中心还紧急向全省各地市调剂A型Rh阴性血，17日午夜，该中心从九江调来300毫升该类库存血。

18日，医生再一次给范自辉输注了700毫升的A型Rh阴性血，使他的病情稳定了下来。至此，共有4400毫升的A型Rh阴性血、3000毫升血浆和两个治疗量的机采血小板输入伤者的体内。

“不是江西省血液中心竭尽全力及时保障手术用血，不是广大媒体宣传动员，不是社会上这么多热心人士的捋袖献血，我们还真不知道怎么办好。”范自辉的妻子胡有珍一边抹着眼泪一边感激地说。

这次与时间赛跑的大抢救，充分显示了社会各界的爱心。

本书主要参考资料

《献血指南》李慧文 苗雅娟编著 科学普及出版社

《献血与健康》牛其厚主编 人民军医出版社

《献血与输血》颜景欣主编 人民卫生出版社

《公民无偿献血实施》王庆泰等编著 安徽科学技术出版社